나의
클라리넷
이야기

# 나의 클라리넷 이야기

지은이 문석환 | 엮은이 사막여우

걸어온 길 | 문클라리넷이

좋은땅

# 들어가는 글

처음 클라리넷을 접했던 중3 때 나는 아무런 삶의 목표가 없었다. 늘 현실에서 도망치고 싶었고 어디론가 숨고 싶은 마음뿐이었다. 심하게 내성적이었던 나는 친구들과 잘 어울리지 못했고 학교에서는 소위 아웃사이더로 겉도는 생활을 했다. 여러모로 부모님의 기대와는 한참 먼 아들이었고 사람들과 눈도 마주치기 힘들 정도로 정서적으로 불안했다. 늘 십이지장 궤양을 달고 살았고 가끔 음식물을 넘기지 못할 정도로 극도의 스트레스 상태에서 그 시기를 보냈다.

하지만 클라리넷을 시작하고 난 후 나는 악기를 통해 내가 가진 모든 감정들을 쏟아 냈다. 부모님께 심하게 꾸중을 들은 날이면 악기를 불었고 악기를 불고 나면 속상했던 마음이 한꺼번에 사라지는 것을 느낄 수 있었다. 그렇게 내 부정적인 감정들이 조금씩 사라졌다. 지금 생각해 보면 그게 바로 음악치료와 비슷한 효과가 아니었을까 한다. 그렇게 당시 클라리넷은 꿈도 희망도 없던 나의 유일한 친구였다.

클라리넷을 시작한 지 30여 년이 지난 지금의 나는 처음 클라리넷을 시작했을 때 생각했던 내 모습과 많이 다르다. 멋진 무대에서 연주하는 클라리네티스트를 꿈꾸었던 나는 '문클라리넷'을 개원한 후로 그야말로 전에는 생각해 본 적도 없는 가시밭길을 지나왔다. 물론 나보다 힘든 길을 걸어온 분들도 많겠지만 나로서는 정말 괴롭고 견디기 힘든 시간들이었다.

학원을 시작하면서 친한 사람들이 등을 돌렸고 나에게 손가락질을 했다. 당시 나는 초라한 내 모습에 스스로에게 화가 났다. 그때는 그 사람들에게 복수하고 싶은 마음이 간절했지만 지금은 그들도 잘 지내고 행복했으면 한다. 이런 마음을 가질 만큼 여유 있고 성숙해진 내 모습이 이미 그들에게 최고의 복수가 아닐까 생각한다.

이 책은 음악 생활을 하면서 내가 항상 마음에 품고 살아왔던 이야기들이다. 나는 클라리넷을 시작하고 나서 내가 걸어온 길에 대해서 그리고 나의 음악에 대한 진심에 대해서 늘 이야기하고 싶었다. 하지만 방법을 알지 못했다. 이번에 내 이야기를 책으로 만들자고 제안한 사막여우 님의 도움으로 드디어 『나의 클라리넷 이야기』를 출간하게 되었다. 정말 감개무량하다.

나는 그저 동네 학원을 운영하는 평범한 사람에 불과하다. 하지만 음악을 하는 독자들이 내 글을 읽고 재미와 감동을 느꼈으면 좋겠다. 특히 사춘기에 접어든 학생들이 이 책을 통해 꿈과 희망을 얻기를 바란다. 또 하나, 클라리넷을 하는 사람으로서 항상 안타깝게 생각하는 부분이 있다. 안 그래도 좁은 음악이라는 영역 안에서 서로 시기하고 질투하는 업계의 분위기가 그것이다. 이 책을 통해서 음악 하는 사람들이 서로 성장을 돕고 응원하는 분위기로 바뀌는 데 조금이나마 기여하고 싶다. 물론 내 부족한 글이 그런 큰 영향력을 가지고 있지 않다는 것은 잘 안다. 하지만 한 명이라도 내 글을 통해 그런 마음으로 바뀔 수 있다면 이 책은 이미 충분히 가치가 있다고 생각한다.

앞으로도 클라리넷의 대중화를 위해서 조금이나마 보탬이 되는 사람이 되는 것이 나의 남은 바람이다.

이 책을 통해서 그동안 함께해 주시고 도와주신 분들께 감사의 마음을 전하고 싶다.

우선 가족들. 부모님, 누나와 매형, 그리고 아들 승현이.

그리고 지금까지 나를 가르쳐 주신 선생님들. 김영목 선생님, 김현곤 교수님, 이임수 교수님, 故 함인식 선생님, 박은성 교수님, 유전식 교수님, 김충배 교수님.

처음 클라리넷에 입문하게 해 준 송호섭 교수, 같은 실기 선생님 제자로 많은 도움을 줬던 김민조 교수, 쾰른에서 신경치료를 해 주신 故 김세연 선생님.

가족 같은 송재화. 친한 동생들 김지환, 전희종, 한지훈, 유주영, 고기석, 노수원. 덕원예고 동기들 김병수, 양광우, 이정아, 정회윤, 김성평, 우스미, 장유진. 덕원예고 후배들 홍성수, 김인호, 이순형, 박은호, 김지남, 임동일, 강요한, 배준형, 이홍영, 조여진. 같은 앙상블 멤버 황정민 님, 백선흠 선생님, 박지혜, 남윤준, 박준원, 이승연, 김예지. '문클라리넷' 성인반 천영국 님, 송희연 님, 장상익 님, 조용만 님, 석균호 님, 용정윤 님, 유신 스님, 석순필 님, 김현수 님, 김지애 님, 송연정 님, 김유정 님, 김화은 님, 양현숙 님, 박성원 님, 박태욱 님, 권혁우 님, 이미선 님, 유상진 님, 박명철 님, 손윤근 님, 신주원 님, 양재헌 님, 김종범 님, 김소연 님, 남기훈 님, 김현중 님. 항상 도움 주는 오인택, 홍현우, 이성호, 김세중, 최혜원에게 감사의 마음을 전한다.

아울러 일일이 언급하지 못했지만 덕원예고와 한양대 동문들, 지금은 없어진 경찰대학 교향악단 분들, 문클라리넷 학원생들 학부모님들께도 진심으로 감사드린다. 끝으로 내 이야기를 책으로 내자고 제안해 주고 부족한 내

글을 꼼꼼하게 정리해 준 사막여우 님께 감사의 마음을
전한다.

2023년 3월 문석환

# 엮은이의 글

나는 이야기의 힘을 믿는 사람이다. 문석환 원장님의 이야기를 듣고 나는 그의 이야기에 사람의 마음을 움직일 만한 힘이 있다고 생각했다. 나는 원장님의 이야기를 글로 쓰고 책으로 내자고 제안했다.

처음 문석환 원장님을 알게 되었을 때 나는 그가 나 같은 흙수저와는 다른 좋은 가정 환경에서 학창 시절을 보내고 소위 강남에서 근 이십 년째 학원 운영을 하는 금수저라고 생각했다. 지금까지 아무런 굴곡 없이 평탄하게 살아온 사람이겠거니 짐작했다.

원장님이 들려준 지난 이야기들은 내 예상과 전혀 달랐다. 가출을 하고 방황했던 학창 시절 이야기, 선생님과 선배들에게 맞았던 이야기, 한 단계 성장하기 위해 모든 것을 쏟아 연습했던 이야기. 무엇보다 손이 아픈 가운데에도 계속 클라리넷을 하고 싶어서 학원을 시작한 이야기가 내 마음을 움직였다. 고등학교 입시 때 우황청심환을 다 삼키지 못하고 시험장에 들어가 연주를 망친 이야기, 군악대 시절 에버랜드에서 악보가 다 날아갔는데도 악단 모두 평정심을 잃지 않고 연주를 마쳐 관객들의 기립 박수를 받은 이야기, 늘 객석 가장 앞줄에 앉아 있는 가족들과 아들 공연을 보면서 자고 계셨다는 아버지 이야기에 나는 웃었고, 쾰른에 있는 병원까지 찾아가 힘든 치료를 받았던 이야기, 손에 붕대를 감고 학교 시험을 보러 다닌 이야기, 학원 초기와 코로나 기간 동안 학원 운영 때문에 힘들었던 이야기에 나는 울었다.

학창 시절 음악 수업을 들은 것을 제외하면 나는 음악에 문외한이다. 평소 관심도 없을 뿐더러 좋아하는 가수나 가요도 별로 없는 편이다. 이야기를 쓰기 위해 클라리넷을 조금 알아야겠다 싶어 클라리넷에 입문했다. 내가 클라리넷이 다른 악기와 가장 다른 점이 뭐냐고 물어봤을 때 원장님은 '클라리넷은 사람의 심금을 울리는 악기'라고 대답해 주었다. 나는 그 말이 좋았다. 클라리넷에 사람의 마음을 움직이는 힘이 있다는 뜻이기 때문이다.

클라리넷을 시작한다고 했을 때 어머니께서 가장 좋아하셨다. 우리 집에서 유일하게 음악 유전자를 가지고 계신 엄마. 늘 취미로 악기 하나 하라고 하셨는데 드디어 시작했다며 무척이나 만족해하신다.

2008년 8월 중국에 갔다가 2021년 8월 귀국했다. 한국에 돌아온 지 벌써 일 년 반이라는 시간이 흘렀다. 귀국 후 정말 쉼 없이 공부만 했는데 대학원 입학 후 첫 방학. 문석환 원장님의 이야기를 엮는 것으로 잠시 외도를 했다. 이야기를 쓰는 몰입의 시간 속에서 나는 참 행복했다.

시중에는 클라리넷은 물론 다른 음악을 하는 분들의 자전적인 이야기도 별로 없는 것 같다. 그런 의미에서 『나의 클라리넷 이야기』가 새로운 시도로 긍정적인 평가를 받는 책이 되기를 바라 본다. 책을 읽는 독자들도 나처럼 문석환 원장님의 이야기에 함께 웃고 또 울리라 믿는다. 언젠가 나도 이야기가 아닌 클라리넷 연주로 듣는 사람의 심금을 울릴 수 있는 사람이 되고 싶다.

　이번 책을 엮으면서 학창 시절이 많이 떠올랐다. 그리고 고등학교 은사님인 배애란 선생님 생각이 많이 났다. 고1부터 지금까지 늘 사막여우를 응원해 주시는 선생님께 감사의 말씀을 전하고 싶다. 대학원 두 번째 학기가 시작되었다. 다시 빡공이다.

2023년 3월 사막여우

# 목차

**1막**

＊────────────────────────

## 중·고등학교 시절

**2막**

✱ ────────────────────────────────

## 대학교 · 군대 시절

## 3막

***

# 독일 유학 시절

## 4막

***

# 학원 운영 시절

**1막**

중 · 고등학교 시절

# 1화

## 첫 만남(1988-1991년)

- 1988년 6월 첫 가출
- 1989년 3월 보성중학교 입학
- 1990년 4월 재가출
- 1991년 10월 클라리넷과의 첫 만남

중3 가을 나는 처음 클라리넷을 만났다.

중학교 3학년이 되기 전의 나는 아무런 목표도 아무런 의욕도 없는 하루하루를 반복하고 있었다. 초등학교 3학년 때였던 걸로 기억한다. 방학 숙제를 다 해 오지 않았다는 이유로 반 친구들이 모두 보는 앞에서 담임 선생님께 아주 심한 구타를 당했다. 지금 생각해 보면 초등학교 3학년이면 아주 어린 아이인데 어떻게 어른이 그 어린 아이를 그토록 심하게 때릴 수 있는 건지……. 아무튼 나는 그 후 완전히 다른 성격으로 변했다. 까불고 밝았던 나는 말수가 없고 매사 눈치를 보는 아이로 바뀌었다. 부모님은 뒤늦게야 그런 일이 있었다는 것을 아셨고 나는 전학을 가게 되었다. 몇 번의 이사와 전학을 거치면서 나는 세상과 단절되는 느낌을 받았다. 급기야 초등학교 6학년이 되었을 때는 처음으로 가출을 했다. 불행인지 다행인지 나의 첫 가출은 하루 만에 아버지께 붙들려 엄청 혼이 나고 끝났다. 하지만 나의 방황은 중학교에 들어가면서 더 심해졌다.

중학교에 막 입학했을 때는 나름 학교생활에 적응하고 열심히 하려고 했지만 불량스러운 선배들한테 괴롭힘을 당하기 시작하면서 점차 중학교 생활에도 적응하지 못하고 흥미를 잃어 가고 있었다. 중2 봄. 나는 다시 가출을 했다. 학교에 가지 않고 한 달 정도 집 밖에서 생활했다. 집 주변, 상가, 화장실, 버스 종점 등등을 전전하며 세월을 보냈다. 내가 왜 살아야 하는지 알 수 없었고 딱히 살고 싶은 마음도 없었다.

하루는 너무 배가 고파서 집 앞에서 기웃거리는데 우연히 어머니께서 하모니카 연주를 하면서 울고 계시는 모습을 보았다. 그런 어머니를 보며 나 때문에 속을 썩여 드린 것 같아 너무 죄송한 마음이 들었지만 그래도 차마 집으로 돌아갈 수는 없었다. 그렇게 한 달 가까이의 시간이 지났다. 나는 더 버티지 못하고 집으로 들어갔다. 아무도 없는 집에서 혼자 무릎 꿇고 손을 들고 몇 시간이 지났을 때 부모님과 누나가 들어왔다.

"넌 누굴 닮아서 그렇게 속만 썩이는 거야?"

나를 본 누나가 먼저 혀를 차며 한마디 쏘았다. 부모님은 아무 말 없이 나를 바라보셨다. 그러다 어머니가 "배고프지……." 하며 밥상을 차려 주셨다. 눈물, 콧물을 흘리며 밥이 입으로 들어가는지 코로 들어가는지 모르게 먹고 있는데 아버지께서 말씀하셨다.

"문석환, 너 아버지 친구 공장에서 일해라. 학교는 어차피 수업 일수가 부족해서 졸업 못 한다. 방금 아버지가 친구한테 얘기해 놨다. 내일 당장 공장으로 가자."

나는 아무 소리 못 하고 고개만 끄덕였다. 하염없이 눈물이 흘러내렸다.

다음 날, 아침 일찍 일어나 아버지 친구 공장에 가기 위해 준비를 하고 나섰다. 공장에 가는 줄로만 알았는데 뜻밖에도 부모님은 나를 학교로 데리고 가셨다. 학교로 가는 차 안, 나는 별별 생각이 다 들었다. 자퇴서를 내러가나보다 생각했다. 차라리 그게 나았다. 다시 학교에 다니느니 공장에서 일을 하는 것이 낫다고 생각했다.

부모님과 함께 교무실에 들어서던 그 순간이 아직도 생생하다. 따가운 선생님들의 시선에 나는 '내가 진짜 문제아가 되었구나.' 생각했다. 그런데 갑자기 아버지가 담임 선생님 앞에 무릎을 꿇으셨다.

"선생님, 제발 우리 석환이 졸업만 시켜 주십시오."

나는 태어나 처음 그런 아버지의 모습을 보았다. 돌아오는 차 안, 두 분 모두 아무 말씀이 없으셨다. 그 후 다행히 담임 선생님이 잘 해결해 주신 덕분에 나는 무사히 학교를 다닐 수 있었다. 앞으로는 진짜 말썽 부리지 않고 부모님 속도 썩이지 않겠다고 다짐했다. 그렇게 중학교 2학년이 지나갔다. 다시 열심히 하겠다고 다짐을 했지만 한번 놓은 공부가 잘될 리 없었다. 나름 노력했지만 성적은 늘 하위권이었고 더 노력한다고 성적이 오를 것 같지도 않았다. 그렇게 시간이 흘러 중2 겨울 방학이 되었다.

나는 게임에 빠져 모아 놓은 용돈으로 게임 CD를 사서 방에 틀어박힌 채 주구장창 게임만 했다. 게임이 유일한 친구였고 게임만이 내가 세상에서 벗어나 모든 걸 잊게 해 주었다. 그렇게 겨울 방학 내내 게임으로 시간을 보냈다. 당시 집에는 여러 가지 안 좋은 일들이 겹쳤다. 아버지의 지방 발령, 어머니의 수술, 누나의 교통사고…….
나는 집에서 연로하신 외할머니와 단둘이 보내는 날들이 많았다. 지금은 외할머니가 나를 지켜 주는 수호신이라고 생각하지만 당시에는 그 모든 상황들이 싫어 할머니께 많이 대들고 할머니 마음을 아프게 했다. 어머니와 누나가 퇴원해 집으로 돌아왔다. 중3 올라가기 전 2월이었다.

어느 날 몸도 덜 회복되신 어머니가 어디 좀 다녀오겠다며 나가셨다. 나는 그냥 병원에 가시나보다 대수롭지 않게 생각하며 게임을 하고 있었다. 한참 뒤에 돌아오신 어머니 손에는 무슨 가방이 하나 들려 있었다. 나는 낯선 가방을 보면서도 무슨 가방인지 별 관심이 없었다. 그런데 어머니가 나를 안방으로 부르셨다.

"아들, 이게 뭔지 아니?"

나는 가방이 마치 007 돈 가방같이 보여서 "돈이요."라고 대답했다.

"니가 직접 열어 봐."

가방을 여는 순간, 무슨 나무로 만든 총같이 생긴 물건들이 보였다. 나는 덜컥 겁이 났다.

"엄마, 이게 뭐예요?!"
"클라리넷이라는 악기야. 앞으로 너와 함께하게 될 거다."

나와 클라리넷의 운명적인 첫 만남은 그렇게 시작되었다.

## 2화
# 앙팡(Anfang)_시작 1:
# 덕원예고 입시 준비(1991년)

- 1991년 2월 첫 레슨
- 1991년 5월 동네 학원 등록
- 1991년 6월 첫 콩쿠르 참가

클라리넷을 처음 본 나는 얼떨떨했다.

'이게 클라리넷이라고? 근데 내가 이걸 왜 해야 하지?'

어머니는 내게 본인의 원래 꿈은 성악가였는데 집안 형편 때문에 포기한 이야기를 해 주셨다. 내가 어렸을 때부터 음악을 시켜 보고 싶은 생각은 있었지만 음치에다 박치인 나를 보며 마음을 접었다고 하셨다. 그런데 요 며칠 고심하시다 이제 아들이 살길은 이것뿐이라고 생각해 클라리넷을 사 왔다고 하셨다.

"누나 친구 호섭이 알지? 호섭이가 클라리넷을 하는데 엄청 잘한다더라. 이번에 이걸로 서울대 입시도 본대. 그래서 너도 이걸로 대학 갈 수 있을 것 같아서 엄마가 악기점 가서 바로 사 온 거야."

"네? 대학이요?!"

나는 고등학교도 들어갈 수 있을지 없을지 모르는 상황에 웬 대학이냐는 생각이 들었다. 하지만 딱히 다른 대안이 있는 것도 아니었다. 일단 007 가방을 들고 방으로 돌아왔다. 한참 클라리넷을 쳐다보다가 갑자기 조립해 보고 싶다는 생각에 악기를 만지기 시작했다. 그때 어머니가 내 방문을 열고 들어오셨다.

"아들, 너 그거 얼마짜리 악긴 줄 아니?"

"아니요…. 얼만데요?"

"이백 오십만 원이야."

"네?!!!! 이백 오십만 원이요?"

어머니가 사 오신 클라리넷은 부페 페스티벌(Buffet

Festival)이라는 모델이었다. 250만 원이면 지금도 작은 돈이 아니지만 당시 250만 원은 지금 시세로 700만 원 정도 되는 정말 큰돈이었다. 나는 이백오십만 원짜리 악기라는 얘기를 듣고 나서 조심히 클라리넷 가방을 닫아 방 한쪽에 세워 두었다.

다음 날, 어머니가 같이 어디 좀 가자고 하시며 나보고 악기를 챙기라고 하셨다. 어머니와 함께 도착한 곳은 반포의 한 아파트였다.

　"엄마, 여기가 어디예요?"
　"응, 너 레슨받을 선생님 사시는 곳."
　"레슨이요?"

어제는 악기, 오늘은 레슨. 나에게는 모든 것이 갑작스러웠지만 다른 선택지가 없던 나는 어머니가 하자는 대로 따를 수밖에 없었다. 아파트 앞에는 어제 어머니가 말씀하셨던 나와도 어렸을 때부터 자주 같이 놀던 누나 친구 호섭이 형이 서 있었다. 지금은 모 대학 클라리넷 교수로 재직 중인 호섭이 형은 당시 고등학교 입시생이었다. 그렇게 호섭이 형의 소개로 첫 레슨을 받게 되었다.

초인종을 누르자 사모님이 반갑게 맞아 주셨다. 교수님은 방에서 레슨 중이셨다. 나는 소파에 앉아서 내 레슨 순서를 기다리고 있었다. 그런데 내 앞의 학생이 울면서 방에서 나오는 게 아닌가? 그 모습을 보니 갑자기 심장이 쿵쾅거렸다. 나는 당장에라도 집으로 가고 싶어졌다. 드디어 내 차례. 생각보다 인자하게 생기신 교수님은 악기 조립부터 차근차근 알려 주셨다. 당시 너무 떨렸던 나머지 악기를 거꾸로 조립했던 기억이 난다. 그렇게 악기를 조립하고 첫 레슨이 시작되었다. 교수님이 가르쳐 주시는 대로 클라리넷을 불었는데, 마치 눈알이 튀어나올 것만 같은 기분이었다. 힘만 들고 소리도 나지 않았지만 교수님은 처음에는 원래 다 그런 거라며 괜찮다고 하셨다. 그렇게 30분쯤 부니까 점차 소리가 나기 시작했다. 빈말인지 진심인지 교수님은 내가 재능이 있는 것 같다며 앞으로 점차 좋아질 거라고 말씀해 주셨다. 그렇게 정신없이 첫 레슨이 끝났다.

집으로 돌아오는 차 안. 어머니는 첫 레슨이 어땠는지 이것저것 물어보셨지만 나는 다 귀찮아 입을 다물고 아무 대답도 하지 않았다. 내가 대답이 없자 어머니는 방금 내가 레슨받은 교수님이 우리나라 클라리넷 일인자라고 말씀해 주셨다.

'한국에서 클라리넷 일인자 교수님이라고?'

갑자기 등에서 식은땀이 흘렀다. 클라리넷이라고는 아무것도 모르는 난데 엄마는 왜 이렇게 유명한 교수님한테 레슨을 받게 하는 건지……. 엄청난 부담감과 함께 머릿속이 하얘졌다.

집에 돌아왔다. 아까 배운 대로 다시 조립을 해 보았다. 분명히 배웠는데 어떻게 조립하는지 잘 생각이 나지 않았다. 나는 혹시나 잘못 만져서 비싼 클라리넷을 상하게 할까 봐 조심히 클라리넷 가방을 닫았다. 그리고 게임을 시작했다. 어머니는 수시로 방에 들어오셔서 연습했는지 물어보셨다. 그때마다 나는 연습했다고 거짓말을 하고 계속 게임만 했다. 두 번째, 세 번째 레슨을 받았지만 악기에 전혀 흥미가 생기지 않았다. 나는 어머니께 레슨을 그만두고 차라리 동네에 있는 음악 학원에 가겠다고 말씀드렸다. 원래 피아노 학원인데 클라리넷 선생님이 오셔서 가르쳐 주는 곳이었다. 그렇게 나는 학원에서 클라리넷을 배우기 시작했다.

당시 나를 가르쳐 주셨던 선생님은 음대를 다니던 대학생이었는데 내게 칭찬을 엄청 많이 해 줬던 기억이 난다. 칭찬은 고래도 춤추게 한다고 했던가. 나는 신이 나서 열심히 연습하기 시작했고 그때부터 조금씩 실력이 늘기 시작했다. 하루는 학원 원장님이 나에게 콩쿠르에 나가 보는 게 어떻겠냐고 하셨다. 정확하게 기억은 나지 않지만 조그만 규모의 콩쿠르이었던 것 같다. 무식하면 용감하다고 클라리넷을 시작한 지 4개월밖에 안 되던 나는 겁도 없이 대회에 나가겠다고 말씀드렸다.

당시 콩쿠르 연주곡은 〈모차르트 아이네 클라이네 나하트 무지크(W. A. Mozart Eine Kline Nacht Musik)〉 2악장이었다. 삑 소리에 끊기고 악보는 생각나지 않고…….
나의 첫 연주는 그렇게 처참하게 끝이 났다. 콩쿠르가 끝
나고 나는 다시는 클라리넷을 하지 않기로 마음먹고 악기
가방을 장롱 속에 처박아 두었다.

며칠 후, 집으로 상장 하나가 날아왔다.

'최우수상. 문석환.'

'최우수상?!!! 내가?'

지금 생각해 보면 당시 최우수상이라는 것이 콩쿠르에
참가만 하면 아무나 다 주는 상이었는데 나는 어린 마음
에 '내가 그렇게 못했는데도 최우수상이라니 혹시 내가 천
재인 것은 아닐까?' 하는 생각을 했다. 그렇게 혼자 착각에
빠져 다시 열심히 악기를 연습하던 와중에 학원 선생님이
독일 유학을 가게 되어서 이제 못 가르쳐 주신다는 소식
을 들었다. 나는 잘 가르쳐 주시던 선생님이 떠나자 꽤나
낙담했고 다시 클라리넷에 흥미를 잃어 갔다.

# 3화

# 앙팡(Anfang)_시작 2:
# 덕원예고 입시 준비(1991년)

<u>• 1991년 11월 덕원예고 입시</u>

중3 여름 방학. 담임 선생님께서 갑자기 집으로 방문하셨다. 선생님의 손에는 신문이 들려있었다. 선생님은 어머니께 덕원예술고등학교라는 곳이 새로 생긴다는 기사가 났다며 내가 거기 시험을 보는 게 어떻겠냐고 하셨다. 음악 과목을 가르치시던 선생님은 한참 방황하던 내가 클라리넷을 시작한다고 했을 때 누구보다 기뻐해 주신 분이다. 선생님은 신문 기사를 보고 내 생각에 한걸음에 집까지 찾아와 주신 거였다. 지금 생각해 보면 김영목 선생님은 내가 오늘까지 클라리넷의 길을 걸을 수 있게 해 주신 가장 큰 은인이라 할 수 있다. 늦었지만 선생님께 마음으로나마 감사의 뜻을 전하고 싶다.

담임 선생님 덕분에 나도 고등학교에 갈 수 있다는 희

망을 갖게 되었다. 하지만 입시라는 큰 산을 넘어야만 했다. 나는 처음 레슨을 받았던 교수님께 사정해 입시 준비를 시작했다. 그때 준비했던 입시곡은 〈모차르트 클라리넷 협주곡 가장조(W. A. Mozart Clarinet Concerto K. 622)〉 1악장이었다. 지금도 중요 오디션 과제곡으로 자주 나오는 곡인데 클라리넷을 배운 지 6개월밖에 안 되는 내가 준비하기에는 너무 힘든 곡이었다. 그래도 어쩔 수 없었다. 덕원예고에 진학하려면 다른 길은 없었기 때문이다. 나는 심각한 박치에다 음감도 없었기 때문에 맞는지 틀리는지도 모르고 교수님께서 추천해 주셨던 칼 라이스터(Karl Leister) 앨범을 듣고 따라 연습했다. 그런데 클라리넷 전공생들은 알겠지만 A조와 Bb조 클라리넷 중에서 모차르트 곡은 A조 악기로 불어야 하는 곡이다. 나는 그것도 모르고 Bb조 클라리넷으로 열심히 연습을 했다.

드디어 시험 당일이 되었다. 내가 고등학교에 진학할 수 있을지 말지를 가르는 운명의 시험이었다. 나는 무척 긴장했다. 어머니는 내가 긴장할까 봐 우황청심환을 준비해 주셨다. 나는 내 앞의 순서가 끝날 때까지 시간이 있다고 생각하고 청심환을 먹기 시작했는데 감독관이 갑자기 내 이름을 불렀다. 나는 청심환을 다 씹지도 못하고 시험장에 들어섰다. 그때 청심환이 목에 걸렸는데 아무리 침을 꿀떡 삼켜도 넘어가지 않았다. 나는 삼키기를 포기하고 연주를 시작했다. 긴장했지, 청심환은 목에 걸려 있지, 연주가 잘 나올 리가 없었다. 열 번도 넘게 끊겼던 기억이 난다. 입술은 풀리고 머리는 어지럽고⋯⋯. 그렇게 시험을 망치고 나온 나는 당연히 떨어졌다고 생각했다. 그리고 다시는 클라리넷을 안 하겠다고 다짐을 했다.

# 4화

# 렌토(Lento)_아주 느리게 1:
# 덕원예고 입학(1992년)

- 1992년 3월 덕원예고 입학

그런데 며칠 뒤, 생각지도 못한 합격 통지서가 날아왔다. 당연히 떨어졌다고 생각했는데 합격이라니 어찌된 영문인지 어안이 벙벙했다. 그래도 합격이라니 나는 뛸 듯이 기뻤다. '뭐지? 나 진짜 재능이 있는 건가?' 싶으면서 앞으로 뭔가 좋은 일만 일어날 것 같았다. 한참 지나서 알게 되었지만 당시 나는 정원 미달로 겨우 합격한 것이었다.

입학 전 오리엔테이션에 참석했다. 시험 당일에는 어머니께서 차로 태워 주셨지만 오리엔테이션은 나 혼자 가야 했다. 당시엔 스마트폰도 없던 때라 어머니께서 그려 주신 지도를 보고 갔다. 당시 우리 가족은 잠실에 살고 있었고 학교는 내발산동에 있었다. 지금은 지하철 5호선도 생기고 9호선도 있어서 교통이 좋아졌지만 그때는 공항버스를 타거나 지하철 2호선 당산역에서 버스를 타는 방법 밖에 없었다. 새벽 5시에 일어나 학교 갈 준비를 했다. 6시에 잠실역에서 600번 공항버스를 탔다. 1시간 정도 가서 염창동 도시가스 정류장에서 내려 버스를 갈아탔다. 거기서 102번 버스를 갈아타고 30분쯤 가서 덕원여고 정류장에 내렸다. 내려서 다시 10분 정도를 걸어 들어가니 산속에 학교가 있었다. 대중교통으로 학교에 가는 길은 너무 힘들었다. 숨을 헐떡이며 학교에 도착해서 시계를 보니 8시가 다 되어 가고 있었다. '뭐야, 2시간이나 걸리잖아.' 생각하며 교실로 향했다.

　　전교생은 총 250명이었다. 한 반에 50명씩 1반은 무용과, 2, 3반은 음악과, 4, 5반은 미술과 이렇게 총 다섯 반이었다. 학교에 오느라 이미 녹초가 된 나는 교실 맨 앞줄에 앉아 엎드려 있었다. 곧이어 선생님 한 분이 들어오셔서 앞으로의 학교생활에 대해 설명해 주셨다. 학기 중에 향상음악회라고 하는 실기시험이 있고, 오케스트라, 실내악, 음악이론, 시창청음 등등……. 설명을 듣고 있던 나는 앞으로 학교생활에 대한 걱정 때문에 눈앞이 캄캄했다.

제일 큰 걱정은 매일 왕복 4시간씩 등하교 하는 일이었다. 그렇게 짧은 오리엔테이션이 끝났다. 다른 친구들이 모두 나가고 나는 그 뒤를 따라 나갔다. 쓰레기가 떨어져 있길래 몇 개 줍고 햇빛이 너무 눈부셔 커튼을 치고 교실 밖으로 나왔다.

1992년 3월 2일. 첫 등교날이 되었다. 지난 오리엔테이션 때와 마찬가지로 나는 새벽 6시에 집을 나와 공항버스를 타고, 버스를 갈아타고, 버스에서 내려 걸어 학교로 향했다. 통학이 너무 힘들긴 했지만 그래도 남자 중학교 출신인 나는 여학생들과 같이 수업을 들으면 뭔가 분위기도 다르고 재미있을 것 같다는 생각을 했다.

교실에 도착해 보니 다른 친구들이 나를 보며 뭔가 수군거렸다. 나는 괜히 '왜 저러지? 내가 너무 못생겼나?' 하고 의기소침해 있었다. 그런데 한 친구가 다가오더니 "너 오리엔테이션 때 교실에 남아서 혼자 청소했다며? 너 진짜 착하다." 하는 것이었다.

'뭐지? 나는 단지 쓰레기가 보여서 몇 개 주운 것뿐이었는데 착하다니!'

친구들에게 그건 오해라고 말하고 싶었지만 머뭇거리는 사이 말할 타이밍을 놓쳐 버렸다. 어느새 나는 반에서 인기 있는 학생이 되어 있었다.

첫 수업이 시작되었다. 너무 피곤해서 졸리고 일반 교과목과 음악과 수업이 섞여 있어 정신이 하나도 없었다. 그렇게 등교 첫날 일과가 마무리 될 때쯤이었다. 교문 밖에 남자애들 몇 명이 서 있는 게 보였다. 언뜻 열 명 정도는 되어 보였다. 자세히 보니 옆에 있는 화곡고 학생들이었다. 그 학생들이 "미술과 L 나와!" 하고 소리를 치고 있었다. 알고 보니 미술과 L은 중학교 때 소위 학교 짱이었고 화곡고 애들이 그 L을 혼내 주러 온 거였다. 그런데 그날 미술과는 수업이 일찍 마쳐서 마침 L은 학교에 없었다. 그래도 걔네들은 자리를 뜨지 않았다. 나를 포함한 음악과 동기들은 집에는 가야 하는데 정문으로 나가기는 무서워 학교 뒷문 쪽으로 도망칠 궁리를 했다. 우리 중 남학생

몇몇이 개구멍을 만들기로 했다. 덕원예고는 내발산 바로 앞에 있어서 주위에 흙이나 나무들이 많았다. 우리는 아무 도구도 없이 맨손으로 학교에서 나가야겠다는 일념 하나로 함께 구멍을 팠다.

겨우 학교 밖으로 나온 나는 버스 정류장에서 버스를 기다리고 있었다. 그때 한 불량기 가득한 학생이 다가왔다.

"너, 덕원예고 다니지?" 나는 거짓말을 했다.
"아닌데요."
"그래? 너 혹시 덕원예고면 내 손에 죽는다."
"네⋯."

집으로 오는 길. 손발이 덜덜 떨렸다. 나는 속으로 '이 학교 뭐야? 주변에 무슨 깡패들이 이렇게 많아⋯⋯.' 하고 앞으로 잘 다닐 수 있을까 하는 걱정을 했다.

몇 개월 뒤. 우리는 경주로 수학여행을 갔다. 우리 학교

와 화곡고가 같은 날 같은 기차로 수학여행을 가게 되었다. 마치 영화에 나오는 한 장면처럼 나는 그 불량 학생과 기차에서 마주쳤다. 나는 열차가 경주역에 도착하기 전 속도가 느려졌을 때 기차에서 뛰어내려 걸음아 날 살려라 쏜살같이 도망을 쳤다.

# 5화

## 렌토(Lento)_아주 느리게 2:
## 덕원예고 입학(1992년)

- 1992년 3월 3일 반장 선거
- 1992년 4월 목동으로 이사

첫날에는 아직 등록을 하지 않은 친구들이 학교에 오지 않아서 빈자리가 좀 있었는데 다음 날 학교에 가 보니 새로운 친구들이 앉아 있었다. 예중 출신들이었다. 나와는 달리 어렸을 때부터 음악을 해서 그런지 표정이나 행동에 자신감이 넘쳐 보였다. 예중은 고사하고 클라리넷을 접한 지도 몇 달 되지 않던 나는 위축될 수밖에 없었다. 음악과 전체 정원이 100명이었는데 남자는 4명뿐이었다. 남학생들은 두 명씩 나뉘어 2반과 3반에 배정되었다. 나는 2반이었다.

둘째 날 수업을 시작하기 전, 담임 선생님께서 갑자기 오늘 반장 선거를 하자고 하셨다.

"반장으로 추천할 사람 있나?"

나는 나와 상관없는 일이라고 생각하고 관심 없이 멍을 때리고 있었다.

"문석환이요."

뒤에서 누군가 나를 추천하는 게 아닌가?

'허걱…. 왜 나를…. 누가 나를 반장으로 추천하는 거야?'

그때부터 심장이 미친 듯이 쿵쾅거리기 시작했다. 나 말고도 몇 명이 더 추천을 받았고 선생님은 우리에게 앞으로 나와서 반장으로서의 각오를 말하라고 했다.

'각오는 무슨 각오람……'

나는 동기들 앞에서 말을 한다는 것이 너무 무서웠다. 그냥 이대로 집에 가고 싶은 생각밖에 없었다. 앞에 나가서 각오를 말하느니 그냥 선거에 나가지 않겠다고 말하려고 하는데 내 앞 순서 동기가 자기는 반장 선거에 나가지 않겠다며 선수를 쳤다. 머릿속이 새하얘졌다.

나는 어쩔 수 없이 쭈뼛거리며 앞으로 나가 모기 같은 소리로 "뽑아 주시면 열심히 하겠습니다." 하고 자리로 들어오려고 했다.

"문석환, 노래 한 곡 불러라."
'노래?!'

말 한마디도 겨우 하는 내가 무슨 노래란 말인가? 나는 잠시 생각이 정지되는 기분이었지만 에라 모르겠다 하는 마음에 애국가를 부르고 들어왔다.

투표가 시작되었다. 나는 애국가를 부른 후 썰렁한 분위기를 보며 내가 반장이 될 리는 없다는 생각을 하고 있었다. 그런데 뜻밖에도 내가 가장 많은 표를 얻은 게 아닌가? 내 몸 하나 건사하기도 힘든데 반장이라니⋯⋯. 앞으로의 일들이 무척 걱정되었지만 이왕 반장이 된 이상 열심히 해 보자 하는 생각을 했다.

막 반장이 되었을 때 일화가 생각난다. 하루는 선생님이 자율학습시간에 반 애들을 조용히 시키라고 해서 앞에 나갔다. 나는 어떻게 조용히 시킬지 몰라 식은땀을 흘리며 기어 들어가는 목소리로 "얘들아, 우리 조금 조용히 하자."라고 말했다. 그랬더니 누군가가 "반장 너나 조용히 해!" 했다. 나는 아무 말도 못하고 조용히 자리로 돌아왔고 조용히 시키는 것을 포기했던 기억이 난다.

당시 덕원예고는 막 개교한 1회였기 때문에 학교 규정이나 시스템이 체계적으로 갖추어져 있지 않았다. 나는 반장이었기 때문에 학생들이 불합리하게 생각하는 점이나 불만을 동기들을 대표해서 선생님께 말씀드려야 한다는 부담이 있었다. 그때 우리는 예고임에도 불구하고 야간자율학습과 두발 제한이 있었다. 아마 덕원여고에서 오신 선생님들이 많아 인문계 규정을 우리에게 그대로 적용하는 것 같았다. 10시까지 야자를 하고 집에 가면 12시,

개인 연습을 할 시간이 전혀 없었다.

　나와 몇몇 동기들은 교장선생님께 야자와 두발 제한에 대해 건의드리기로 마음을 먹었다. 교무실 앞, 아직 마음의 준비가 되지도 않았는데 누군가 뒤에서 내 등을 떠밀어 내가 제일 앞장서 교무실에 들어온 모양새가 되었다.

　"무슨 일이야?" 교장 선생님이 물었다.
　"저…, 저…, 그게 야간… 두발…." 우물거리던 나에게 교장 선생님이 호통을 치셨다.

　"똑바로 얘기해!!" 호통 소리에 깜짝 놀란 나는 나도 모르게 '두발자율학습'이라고 말해 버렸다. 그런데 신기하게도 교장 선생님은 내 말을 바로 알아들으시곤 잘 알겠다며 긍정적으로 검토해 보겠다고 하셨다. 그 후 몇 달 뒤 야자와 두발 제한이 폐지되었다. 부모님은 등하교가 힘든 나를 위해 목동에 전세를 얻어 이사를 하셨다. 학교가 멀어진 누나에게는 미안했지만 내 등하교는 전보다 훨씬 편해졌다. 그렇게 나는 조금씩 학교생활에 적응하고 있었다.

# 6화

# 아다지오(Adagio)_느리게 1:
# 고1(1992년)

### • 1992년 4월 향상음악회

나는 예고 진학은 생각지도 않았기 때문에 예고 교육 과정이나 시스템에 대한 사전 지식이 없었다. 더군다나 클라리넷 기초가 전혀 잡히지 않은 상태에서 입시를 위한 시험곡만 겨우 연습해서 학교에 들어온 상태였다. 그런 나를 가장 힘들게 했던 것이 바로 '향상음악회' 실기시험 이었다.

지금은 D 여대 교수님으로 계신 당시 실기 선생님 L 선생님은 미국 유학에서 돌아온 지 얼마 안 된 풋풋한 총각 선생님이셨다. 첫 레슨 때 기초 연습을 하는데 나는 거의 따라가지 못했다. 랑게누스 교본을 알고는 있었지만 한 번도 체계적으로 연습해 본 적이 없었고 롱톤, 스타카토 등등 여러 가지 기초가 없는 상태였다. 레슨을 받고 나서는 연습을 해야 하는데 10분만 연습해도 힘이 들었다. 내가 연습도 제대로 못 하고 헤매고 있자 선생님은 이대로는 안 되겠다 싶었는지 작은 선생님을 소개시켜 주셨다. 하지만 작은 선생님도 별 효과가 없었다. 나는 레슨 때만 반짝 열심히 하다가 선생님이 가시면 또 게으름을 피우곤 했다.

당시 선생님은 〈요한 슈타미츠 클라리넷 협주곡(J. Stamtz Clarinet Concerto)〉 악보를 연습용으로 건네주셨다. 나는 악보를 보는 것만으로도 머리가 아팠다. 선생님은 내가 충분히 할 수 있다고 사기를 북돋아 주기 위해 노력하셨지만, 나는 매번 1시간만 연습을 해도 입술이 아파 더 이상 할 수 없는 상태에 이르곤 했다. 그러는 사이 시간은 쏜살같이 흘러 첫 향상음악회 시험일이 왔다.

지금은 덕원예고에 신관과 구간이 따로 있지만 내가 1학년이던 당시에는 건물이 하나뿐이었다. 건물 지하 강당에서 실기시험을 봤다. 내 순서가 되었고 떨리는 마음으로 무대에 올라갔다. 정말 너무나 긴장이 되었다. 향상음악회는 선생님뿐만 아니라 동기들끼리도 서로 연주를 보며 평가를 해야 했다. 동기들의 평가가 점수에 반영되는지는 모르겠지만, 내가 어떻게 다른 친구들을 평가하는지는 시험의 일부이기도 했다. 연주자가 무대에서 어떻게 연주를 했고, 어떤 점을 고쳐야 하는지 등등을 써내야 했다. 그렇게 연주도 연주지만 다른 동기들이 내 연주를 보고 평가를 한다는 것이 나를 더 긴장하게 만들었다.

몇 마디 연주를 시작하지도 않았는데 삑 소리가 나기 시작했다. 삑 소리가 나자마자 동기들이 기다렸다는 듯이 고개를 숙이고 뭔가를 적기 시작했다. 그럴수록 나는 더 긴장했고 그 뒤로 어떻게 연주했는지 또 어떻게 무대에서 내려왔는지 기억이 나지 않는다. 아마도 연주 도중 악보를 까먹고 겨우 내려왔던 것 같다. 그렇게 실기시험을 망쳤는데도 나는 전혀 속상하지 않았다. 지금 생각해 보면 당시 나는 대학에 갈 마음이 없고 그냥 고등학교만 무사히 졸업하자는 생각을 했었던 것 같다.

며칠 뒤 점수가 나왔다. 그런데 내 생각보다 점수가 잘 나온 게 아닌가?

'오-, 이게 웬일이야?'

그런데 알고 보니 다른 동기들은 다 나보다 더 높은 점수를 받은 게 아닌가? 내가 우리 반에서 꼴찌였다. 힘들게 예고에 들어왔는데 나는 잘하지 못했고, 스스로도 나는 소질이 없는 사람이라고 생각했다. 학교생활이 아무 의미없이 느껴졌다.

오케스트라 시간도 마찬가지였다. 나는 기초가 없었고 악보를 제대로 볼 줄도 몰랐다. 거기다 심각한 박치였던 나는 늘 내가 들어갈 타이밍을 놓치곤 했다. 제대로 된 합주가 될 리 만무했다. 오케스트라 시간이면 늘 머릿속이 하얘지던 나는 한마디도 제대로 연주하지 못하고 멀뚱멀뚱 앉아 있다가 나오기 일쑤였다. 당시 오케스트라를 지휘하시던 Y 선생님은 음악과장 선생님이셨는데 입시 때 내 면접을 보신 선생님이었다.

"문석환. 지원 동기가 뭐야?"

"……."

"클라리넷 얼마나 배웠어?"

"……."

나중에 선생님은 내가 벙어리인 줄 알았다고 하셨다. 그래서 그랬는지 합주 때 제대로 들어가지도 못하는 나에게 선생님은 크게 뭐라고 하지 않으셨다.

실력은 전혀 늘지 않았고 어김없이 기말시험은 다가왔다. 시험곡은 정확히 기억나지 않는데 아마 〈도니제티, 클라리넷을 위한 소협주곡(Donizetti, Clarinet Concertino)〉이었던 것 같다. 연습을 해도 잘할까 말까인데 연습도 거의 안 하고 대충 가서 시험을 봤으니……. 나는 또다시 시험 때 엄청 틀리고 정신없는 가운데 무대에서 내려왔다. 무대공포증까지 있던 나는 어머니 말씀만 듣고 덥석 클라리넷을 시작한 게 너무 후회가 되었다. 그렇게 1학년 1학기가 끝나고 여름 방학을 맞이했다.

이제 좀 쉴 수 있겠구나 했더니 학교에서 뮤직캠프를 한다고 했다. 한 명도 빠짐없이 다 참석해야 하는 캠프라고 했다. 나는 어디 외부에서 진행되는 줄 알았더니 그냥 학교에서 한다고 했다. 우리들은 마땅히 연습할 곳이 없어서 운동장 아니면 등나무 아래서 연습을 해야 했다.

뮤직캠프 이틀째. 그렇게 땡볕 아래에서 연습을 하고 있는데 갑자기 클라리넷이 반으로 쩍- 쪼개지는 게 아닌가? 당황한 나는 악기를 가지고 실기 선생님을 찾아갔다.

"선생님!"
내 손에 들린 쪼개진 악기를 본 선생님이 물었다.
"햇볕에서 연습했니?"
"네⋯⋯."

선생님은 순간 말을 잇지 못하셨다. 그러고는 악기를 바꿔야 한다고 하셨다. 지금 와서 생각해보면 클라리넷은 목관 악기라 건조하면 갈라지기 쉬운 게 당연한데, 그 한여름에 땡볕 아래에서 종일 연습을 했으니 악기가 안 갈

라지는 게 오히려 이상한 거였다.

'내 인생은 왜 이렇게 순탄치 않은 거야…….'

나는 죄송한 마음으로 어머니께 상황을 말씀드렸다.

"우리 아들 악기인데 당연히 다시 사 줘야지."

어머니는 흔쾌히 말씀하셨다. 이번에는 Bb조와 A조 클라리넷 두 개를 같이 사 주셨다. 그것도 부페 페스티벌로 말이다. 나중에 알게 된 사실이지만 당시 어머니는 내 악기를 사 주기 위해 할아버지가 물려주신 조그만 땅을 파셨다고 한다.

그렇게 고1 여름 방학이 지나갔다.

## 7화

# 아다지오(Adagio)_느리게 2:
# 고1(1992년)

- 1992년 11월 오케스트라 연주회
- 1992년 12월 제르바스 드 페이어 공연 관람

2학기가 시작되었다. 2학기 때는 오케스트라 연주회가 있어 1학기 때보다 더 힘든 스케줄을 소화해야 했다. 당시 우리 학교는 문화회관을 빌려서 연주회를 열었다. 이런 큰 규모의 연주가 처음인 나는 준비할 때부터 무척 긴장 되고 떨렸다. 특히 클라리넷 솔로 부분이 있어서 더 긴장 할 수밖에 없었다.

공연 당일. 무대 세팅하는 것을 보고 식사를 마친 후 연 주를 하러 올라갔다. 조명 때문에 눈이 부셔 악보가 잘 보 이지 않았다. 그래도 정신을 차리고 최대한 집중했다. 드 디어 솔로 부분이 나오는 한마디 전. 박자를 세고 소리를 내려고 하는데 전혀 소리가 나지 않았다. 당황한 나는 소리를 내려고 계속 악기를 불었지만 결국 끝까지 소리가 나지 않았다.

　도대체 무슨 상황인지 영문을 알 수 없었다. 무대에서 내려와 보니 밑에 소리 나오는 구멍에 침 수건이 들어가 있었다. 나도 모르게 습관적으로 쉬는 마디 동안 침 수건을 넣어 놨던 것이다. 나는 그렇게 첫 정기 연주회를 완전히 망쳤다. 연주회에 오셨던 부모님은 집으로 가는 차 안에서 끊임없이 잔소리를 하셨다. 학기 말 실기시험까지 망치면 학교를 그만두라고 하셨다. 그렇게 비싼 악기까지 사주셨는데 연습도 제대로 하지 않고 결국 소리도 못 내고 내려오다니…. 내가 생각해도 부모님께 면목이 없었다.

　2학기의 마지막 실기 시험이 다가오고 있었다. 나는 그때까지도 연습하는 습관이 들지 않았다. 10분 연습하면 50분을 쉬었다. 어머니는 시도 때도 없이 잔소리를 하셨다.

　"아들, 연습 안 하니?"
　"아들, 또 쉬니?"

"아들······."

나는 이런 어머니의 잔소리가 너무 싫었다. 잔소리를 듣느니 차라리 연습을 하자 싶었다. 나는 억지로 연습 시간을 늘려 갔다. 적어도 악기를 부는 동안만큼은 잔소리를 듣지 않아도 되었고 내 마음도 편했다.

1학년 마지막 실기 시험곡은 〈카를 슈타미츠 클라리넷 협주곡(C. Stamtz Clarinet Concerto No. 3)〉 1악장이었던 걸로 기억한다. 그래도 이전 시험 때보다 괜찮게 불었다고 생각했는데 결과는 또 꼴찌였다. 그래도 전보다 연습을 했다고 생각하셨는지 어머니도 별 말씀하지는 않으셨다.

그렇게 정신없던 1학년이 거의 끝나 가고 있었다. 겨울 방학을 앞두고 있던 어느 날, 나는 내 클라리넷 인생에서 큰 전환점을 맞게 된다. 어느 날 어머니께서 외국에서 유명한 클라리네티스트가 내한 공연을 하는데 같이 보러 가자고 하셨다. 나는 좀 귀찮기는 했지만 공연이 어떨지 궁금하기도 하고 이전에 가 본 적이 없었기에 가겠다고 했다. 공연장은 서초동 예술의 전당이었다. 나는 그때 처음 예술의 전당에 갔는데 공연장에 들어선 순간 너무 예쁜 무대에 저절로 감탄이 나왔다. 내가 생각했던 것보다 홀은 훨씬 컸고 관객들도 많았다.

어머니와 나는 자리에 앉아 연주회 시작을 기다렸다. 나는 기다리는 동안 팸플릿을 펼쳐 보았다. 오늘 연주를 하는 사람은 영국에서 온 제르바스 드 페이어(Gervase de Peyer)라는 분이라고 했다. 전에 들어 본 적이 없는 연주자였다. 그런데 연주곡을 보니 덕원예고 입시곡인 모차르트 클라리넷 협주곡이 아닌가? 나는 이 연주자가 어떻게 연주할지 궁금한 마음에 잔뜩 기대하며 공연 시작을 기다렸다.

드디어 연주자가 무대에 오르고 오케스트라 지휘자가 입장했다. 잠시 튜닝을 하고 1악장 연주가 시작되었다. 첫 소리가 너무 좋았다. 그런데 악기에 문제가 있었는지 계속해서 삑 소리가 나는 것이 아닌가?

'와, 저렇게 유명한 연주자도 틀리는 걸 보니 역시 모차르트 1악장은 어려운 곡인가 보다······.'

나는 혼자 속으로 흐뭇해하며 스스로 위안을 삼았다. 그렇게 연주자의 계속되는 실수 속에 1악장이 끝났다.

2악장이 시작되었다. 연주가 시작되는 순간, 나는 말 그대로 뭔가로 뒤통수를 맞은 것처럼 큰 충격을 받았다. 나는 점점 연주에 빠져들었다. 음악을 듣는 내내 마음이 편안해지면서 신세계에 온 듯한 느낌을 받았다. 3악장까지 듣기는 했지만 내 귀에는 3악장이 전혀 들리지 않았고 계속 2악장의 멜로디가 머릿속에 맴돌았다.

집으로 돌아가는 차 안. 나는 나도 저런 소리를 내고 싶다는 생각에 당장 연습을 하고 싶었다. 집에 도착했을 때 이미 늦은 시간이었지만 얼른 악기를 조립해 클라리넷을 불기 시작했다. 방금 공연에서 들었던 연주자의 소리와 달리 내 악기에서는 듣기 싫은 소리만 계속 났다. 예전 같으면 바로 포기하고 악기를 집어넣었을 테지만 난생처음 엄청난 집중력으로 2시간이 넘게 연습을 했다. 머릿속으로는 내가 예술의 전당 무대에 올라 오케스트라와 함께 연주하는 상상을 했다.

"석환아, 지금 몇 신데 아직까지 연습이야?! 동네 시끄럽다. 그만하고 얼른 자자."

그날, 태어나 처음으로 어머니께 연습 그만하라는 소리를 들었다. 나는 그때 악기를 시작하고 처음으로 계속 연습하고 싶다는 생각을 했다. 또 대학에 들어가고 싶다는 생각을 했다. 다음 날 신문에 제르바스 드 페이어에 관한 기사가 실려 있었다. 알고 보니 엄청 유명한 클라리네티스트였다.

겨울 방학이 시작되었다. 전과 달리 연습이 재미었었다. 롱톤부터 스타카토, 스케일을 체계적으로 연습했다. 박자기를 틀어 놓고 60부터 하나씩 올려가면서 연습했다. 점차 악기에 자신감이 생기기 시작했다. 두 달 정도 되는 겨울 방학 동안 매일 3시간 정도씩 하루도 빠지지 않고 연습했다. 스스로 실력이 늘고 있는 것이 느껴질 정도로 나는 하루하루 성장하고 있었다.

## 8화

# 알레그로(Allegro)_빠르게 1:
# 고2(1993년)

· 1993년 5월 뉴서울필하모닉 오케스트라 협연

"아들, 선생님이 말씀하셨지? 뉴서울필하
모닉 오케스트라랑 협연해야 한다고."
"네?!! 오케스트라 협-연-이요?"

2학년 시작 전 봄 방학, 나는 어머니로부터 오는 5월에
오케스트라와 협연을 해야 한다는 이야기를 들었다. 음악
과장 Y 선생님의 제안으로 다른 동기들 몇 명과 함께 뉴
서울필하모닉 오케스트라와 협연을 하기로 한 것이었다.
나에게 너무 좋은 기회이긴 했지만 이제 겨우 악기 연습
이 재미있어지기 시작한, 아직 한참 실력이 부족한 내가
오케스트라와 협연이라니……. 나는 생각만으로도 진땀
이 흘렀다.

1993년 3월. 2학년 1학기가 시작되었다. 1학년 후배들이 들어오고 나도 이제 선배가 된다는 설렘도 잠시. 내 머릿속은 온통 협연 걱정뿐이었다. 어떤 곡을 선택해야 할지 막막했고 과연 내가 이 협연을 하는 것이 맞는 건지 혼란스러웠다. 나는 실기 선생님께 고민을 말씀드렸다.

"뭘 고민해? 당연히 해야지. 모차르트 클라리넷 협주곡 1악장으로 하면 되겠네."

선생님은 고등학교 입시곡이었던 모차르트 클라리넷 협주곡 1악장을 연주곡으로 하라고 했다. 입시 당시 청심환 때문에 시험을 제대로 망쳤던 나는 그 곡에 자신이 없었다. 그래도 연주 때 악보를 보지 않고 외워서 해야 하는데 다른 곡을 처음부터 연습하는 것은 더 엄두가 나지 않았다.

두 달 정도의 시간을 남기고 본격적인 연습을 시작했다. 시험 때와 달리 A조 클라리넷으로 불어야 했기 때문에 악기 적응부터 새로 해야 했다. 우선 16박자씩 저음 미부터 고음 솔까지 롱턴 연습을 하고 바로 곡 연습에 들어 갔다. 입시 준비 때 했던 곡이라 수월할 것이라는 내 생각 은 완전히 빗나갔다. 1년이라는 시간이 흐르긴 했지만 마 치 처음 보는 악보처럼 낯설고 어렵게 느껴졌다.

'이거 내가 했던 곡 맞아?'

눈앞이 캄캄했다.

피아노 반주 연주는 틀려도 나만 창피하면 되니까 그나 마 괜찮은데 오케스트라는 내가 못하면 오케스트라 전체 에 민폐가 되기 때문에 심리적 부담이 컸다. 무대공포증 까지 있던 나는 매일 협연 생각에 걱정이 태산이었다. 그 래도 무슨 오기가 생겼는지 이미 하기로 정해진 거 죽이 되든 밥이 되든 해 보자는 생각에 마음을 다잡고 연습을 시작했다.

당시 박자기를 틀어 놓고 연습을 했다. 손이 잘 돌아가 지 않아서 박자기 속도 60부터 열 번씩, 한 박자씩 속도를 높여 가며 연습했다. 61…, 62…. 이런 식으로 속도 100까지 연습을 했다. 악보 앞장부터 쭉 연습해서 제일 마지막 장까지 연습을 한 후, 이제 좀 되겠거니 하고 다시 앞장을 해 보면 마치 연습하지 않은 것처럼 여전히 잘되지 않았다.

'이거 왜 이러지⋯⋯? 이러다 연주는 할 수 있을까?'

그래도 다른 방법이 없었다. 나는 매일 같은 방법으로 연습에 연습을 계속했다.

그렇게 연습하기를 한 달. 서서히 손가락이 편해지기 시작했다. 손가락이 편해지고 나서는 연습 속도를 점차 높여 갔다. 눈 깜짝할 사이에 5월이 되었다. 연주회 날이 다가올수록 나는 점점 더 긴장했다. 밥이 넘어가지 않았고 잠도 잘 못 잤다. 늘 연주하다가 끊기는 꿈을 꿨다. 무대공포증을 극복해 보려고 거울을 보면서 연습을 하고 사람들 사진을 붙여 놓고 연습하기도 했지만 나는 여전히 무대에 서는 게 두려웠다.

"석환아, 엄마 아빠 앞에서 연주해 봐. 우리 아들 얼마나 잘 하는지 한번 보자."

연주를 얼마 앞둔 어느 날, 부모님 앞에서 연주를 하는
데 무대에서 하는 것보다 더 떨렸다. 부모님께 잘하는 모
습을 보여 드리고 칭찬받고 싶은 마음에 나는 더 긴장했
고 실수를 연발했다. 연주가 끝난 후, 칭찬은커녕 잔뜩 실
망하신 어머니께 이래서 연주나 할 수 있겠냐는 핀잔을
들었다. 순간, 자존심이 상했다.

'엄마가 클라리넷을 뭘 안다고…….'

나는 굴하지 않고 연습을 이어 나갔다. 연주 며칠 전,
우리는 서초동에 있는 오케스트라 연습실에 갔다. 난생처
음 오케스트라 연습실에 들어선 나는 이렇게 많은 사람들
이 나를 위해 반주하고 내가 솔로로 연주해야 한다는 생
각에 저절로 위축이 되었다. 다른 동기들의 연습이 끝나
고 드디어 내 차례. 심장이 미친 듯이 요동쳤다. 나는 호
흡을 가다듬고 악기를 불기 시작했다.

그런데 웬걸, 예상외로 소리가 좋았다.

'오- 이거 느낌 좋은데?'

계속 곡을 이어 나가는데 갑자기 악보가 생각나지 않았다. 몇 번이나 끊기면서 겨우 연습을 마쳤다. 처음 느낌과 달리 '이 연주 망칠 수도 있겠구나.' 하는 생각이 들었다. 연습인데도 이렇게 많이 틀리는데 실제 공연에서 많은 사람들 앞에서 연주하면 더 많이 실수할 것은 보나 마나였다.

집으로 돌아오는 차 안. 나는 악보를 펼치고 계이름을 하나하나 노트에 써 내려갔다. '솔 미파 라솔파미미' 그날 이후 나는 한시도 그 노트를 손에서 놓지 않았다. 마치 단어를 외우듯 계이름을 몽땅 외우기 시작했다. 그렇게 연주 당일이 왔다.

드디어 연주날. 아침에 눈 뜨자마자 간단히 연습을 했다. 그리고 악기를 챙겨서 공연장인 여의도 KBS 홀로 이동했다. 대기실에 도착한 후 리허설 준비를 위해 악기를 조립하는데 이게 웬일, 내가 골라 놓은 리드가 부러져 있었다.

'큰일 났다…….'

어쩔 수 없이 새 리드들을 꺼내서 불어 봤지만 전부 다 마음에 들지 않았다. 그나마 괜찮은 리드로 연습을 하기 시작했지만 어쩐 일인지 입술이 너무 아팠다. 그 와중에 내 리허설 순서는 점점 다가오고 있었다. 다시 심장이 쿵쾅거리기 시작했다.

'문석환. 이건 연습이야. 긴장하지 말자. 긴장하지 말자.'

나는 눈을 감고 계속 마인드 컨트롤을 했지만 생각과 달리 심장은 계속해서 요동치고 있었다.

그렇게 리허설이 시작되었다. 설상가상. 악기를 불기 시작하자 입술이 점점 풀리기 시작했다.

'망했다.'

나는 입술이 풀린 채로 겨우 리허설을 마무리했다. 연주까지 두 시간을 남겨 둔 상황이었다. 나는 남은 시간 동안 아무리 연습한들 별 소용이 없을 것 같아 포기하는 마음으로 멍하니 대기실에 앉아 있었다.

공연이 시작되었다. 가족들, 선생님들, 동기들 등등으로 그 큰 관객석이 거의 꽉 차 있었다. 다행히 내 순서는 조금 뒤편이었다. 대기실에서 다른 동기들의 연주를 듣는데 다들 긴장하지 않고 잘하는 것 같았다.

드디어 내 순서. 나는 크게 심호흡을 하고 무대에 올랐다. 무대 위에서 객석을 보니 우리 가족들이 맨 앞줄에 앉아 있는 것이 아닌가? 아버지, 어머니, 누나, 할머니, 사촌 형…. 가족들과 눈이 마주치자 대기실에서보다 더 떨렸다. 그렇게 내 연주가 시작되었다.

'솔-- 미-파- 라솔파미미'

첫 음 소리를 냈다. 그런데 웬일로 '대박이다!' 할 정도로 소리가 잘났다. 리허설 때와는 완전히 다른 느낌이었다. 생각보다 연주가 편안했고, 불면 불수록 점점 자신감이 생겼다. 뒤쪽 속도가 빠른 부분에서 조금 힘들긴 했지만 걱정했던 것보다 실수하지 않고 무사히 연주를 마쳤다.

연주가 끝났다. 관객들이 박수를 치기 시작했다. 박수 소리가 엄청 컸다. 박수갈채를 받으며 무에서 내려오는 순간, 클라리넷을 시작하고 처음으로 '전율'을 느꼈다.

## 9화

# 아첼란도(Accelando)_점점 빠르게 1: 고2(1993년)

"석환아, 혹시 캠프 참가해 보지 않을래?"

"무슨 캠프요?"

2학년 여름 방학. 실기 선생님이 서울시립교향악단 선생님들이 주최하는 캠프가 있다며 참가를 권유하셨다. 캠프에 가면 다양한 사람들을 만날 수 있고 또 새로운 것을 배울 수 있기 때문에 좋은 기회임에는 분명했다. 하지만 이제 막 클라리넷에 재미를 붙인 나는 혹시 다른 사람들이 하는 것을 보고 다들 너무 잘해서 좌절하면 어쩌나 하는 걱정이 앞섰다.

망설이고 있던 차에 선생님도 가신다고 하길래 나도 용기를 내서 참가하겠다고 말씀드렸다. 선생님은 캠프에 가기 전에 미리 연습하라며 〈베버 클라리넷 소협주곡 (C. M. v. Weber Clarinet Concertino)〉이라는 곡을 주셨다. 캠프에 들어가기 전, 어느 정도 익혀서 가야겠다는 생각으로 음악을 듣고 연습을 하기 시작했다. 그런데 이제껏 접해 왔던 곡들과 조금 다른 느낌의 곡이어서 그런지 연습하기가 무척 까다로웠다. 박자의 변화가 심하고 운지도 쉽지 않았다. 그래도 어차피 한 번은 경험해야 하는 곡이라 생각하고 천천히 연습을 해서 어느 정도 완성을 했다.

캠프 출발 당일. 클라리넷과 악보, 보면대 그리고 며칠 동안 입을 옷가지를 챙겨 버스 타는 곳으로 이동했다. 짐이 무거워 어머니께서 고속버스터미널까지 태워 주셨다. 터미널에 도착해 보니 악기를 메고 있는 학생들이 보였다. 그때만 해도 말이 거의 없었던 나는 버스에 오른 후 혼자 창가 자리에 앉아 도착할 때까지 창밖만 쳐다보았다.

1시간 반 정도 달려 도착한 곳은 춘천의 한 청소년 수련관이었다. 캠프는 일주일의 일정으로 진행될 예정이었다. 캠프 참가자들은 버스에서 내리자마자 오리엔테이션 장소로 향했다. 참가자들 연령이 다양해 대학생들도 있었고, 나 같은 고등학생, 또 나보다 어린 중학생들도 있었다. 방 배정을 받았는데 내가 제일 나이가 많았다. 가장 어린 친구는 중1이었다. 우리는 짐을 풀고 서로 어떤 악기를 쓰는지, 악기 배운지는 얼마나 되었는지, 무슨 곡을 하는지 등등 이런저런 이야기를 나누었다. 지금 생각해 보면 당시 우리들은 다들 별로 클라리넷에 열정이 없었던 것 같다. 하나같이 의욕이 없고 여기 캠프에 왜 왔는지 모르겠다고 했다. 나도 별반 다르지 않았다.

캠프 둘째 날. 본격적인 레슨과 연습이 시작되었다. 아침 9시부터 개인 연습으로 일과가 시작되었다. 다섯 명이 한방에서 소리를 내다 보니 내 소리가 전혀 들리지 않았다. 그렇게 한 시간 정도 연습을 하고 10시부터 각자 배정된 선생님께 개인 레슨을 받았다. 당시 서울시향에서 다섯 분의 선생님이 오셨는데, 이 다섯 분께 매일 한 분씩 레슨을 받고 마지막 날은 연주를 하는 일정이었다.

당시 캠프에서는 외국인 선생님 한 분을 초빙했는데 마

우스피스 제작으로도 유명한 '질리오티(Gigliotti)' 선생님
이었다. 나는 질리오티 마우스피스를 쓰고 있었기 때문에
선생님께 직접 레슨을 받는다는 것이 무척 영광이었다.
질리오티 선생님께 내 마우스피스를 보여 드렸더니 엄청
좋아하시면서 직접 피스를 깎아 주셨다. 원래는 질리오티
선생님 전담 통역이 있어서 레슨 때 통역을 해 주어야 하
는데 내가 레슨을 받아야 할 시간에 통역이 갑자기 급한
일이 생겨 나는 통역 없이 레슨을 받아야 했다. 내가 선생
님 말씀을 하나도 못 알아들어 가만히 있자, 선생님이 직
접 시범을 보여 주셨고 나는 무슨 뜻인지도 모르고 무조
건 선생님을 따라 불렀던 기억이 난다.

　캠프 때 또 하나의 에피소드가 있다. 지금도 그때 캠프
에서 함께했던 친구들을 만나면 웃으면서 하는 이야기이
다. 당시 나는 접이식 보면대가 있는 줄 몰랐다. 캠프에서
보면대를 가지고 오라고 하니 나는 집에 있던 쇠 보면대
를 분해해서 캠프장에 가지고 갔다. 합주 시간이 되었고
각자 보면대를 가지고 강당에 모이라는 방송이 나왔다.
나는 방에서 보면대를 조립하느라 시간에 맞춰 나가지 못

하고 있었다. 한 대학생 형이 나를 찾으러 왔다.

　"야, 너 집합하라는데 안 나오고 뭐해?"
　"형, 저 보면대 조립하고 있어요. 금방 나가
요."
　"뭐야?!!! 너 그 쇠 보면대 들고 온 거야?"

　그 대학생 형은 나를 보며 배꼽이 빠지도록 웃었다. 나는 결국 나사 하나를 찾지 못해 보면대 조립을 끝내지 못했고 다른 사람의 보면대를 빌려서 쓸 수밖에 없었다.

　캠프 마지막 날. 그동안 연습했던 곡과 합주로 일주일간의 일정을 마무리했다. 같은 방을 썼던 동생들과 다음에 다시 만나자며 아쉬운 작별을 했다. 그렇게 2학년 여름방학이 끝나고 있었다.

# 10화

# 아첼란도(Accelando)_점점 빠르게 2: 고2(1993년)

　• 1993년 4월 향상음악회

　2학년 여름 방학이 끝날 무렵 학교 오케스트라 협연자 공모가 떴다. 방학이 끝나고 학기가 시작하는 첫날이 오디션 날이었다. 그런데 개학 첫날 폭우가 쏟아져 등교하지 말라는 연락을 받았다. 나는 수업이 없으니까 오디션도 당연히 취소되었을 거라 생각했는데 오후에 집으로 음악과장 Y 선생님의 전화가 왔다.

　"문석환. 너 오늘 왜 오디션 안 왔어?"
　"네? 아… 저 오늘 학교 안 간다고 하길래
　　오디션도 안 보는 줄 알았어요."

　선생님께서는 큰 한숨을 내쉬곤 말씀하셨다.

"너 그럼 향상음악회에서 95점 넘겨라. 그
러면 협연시켜 주마."

"95점이요?!"

"그래 이놈아, 수업이 취소됐지 누가 오디
션이 취소됐대? 95점 넘기고 협연해."

그때까지 내가 제일 잘 받았던 점수는 90점이었다. 죽
을힘을 다해 연습한 점수가 90점인데 95점을 넘기라니….
오케스트라 협연을 안 시켜 주겠다는 말로 들렸다. 나는
그래도 학교 오케스트라 협연을 꼭 하고 싶었고 그날부터
혹독한 연습에 들어갔다.

당시 오디션을 위해 준비했던 곡은 방학 때 연습했던
〈베버 클라리넷 소협주곡(C. M. v. Weber Concertino)〉이
었다. 곡에 자신이 있긴 했지만 95점이라는 높은 점수를
받기에는 역부족이었다. 향상음악회까지 한 달 반이 남아
있었다.

연습에 박차를 가하기 위해 아침에 학교에 가기 전 롱

톤 연습을 하고 쉬는 시간마다 연습실에 올라가서 연습을 했다. 점심시간에도 밥 먹는 시간이 아까워 밥도 안 먹고 연습을 했다. 점차 연습량이 쌓이자 어느 정도 손가락이 돌아가고 연주가 완성됐다고 느꼈지만 거기까지였다. 더 이상 실력이 늘지 않았다.

'난 여기까지인가?'

그렇다고 연습을 안 할 수는 없었다. 그렇게 다시 일주일 동안 연습을 계속했고 드디어 향상음악회 날이 밝았다.

아침을 먹고 연습을 조금 한 후에 학교로 향했다. 향상 음악회는 점심시간 후인 5교시였다. 나는 긴장을 늦추지 않기 위해 오전 수업시간 내내 볼펜을 악기 삼아 손가락 연습을 했다. 점심시간이 되었다. 나는 점심을 먹는 둥 마는 둥 하고는 연습실로 가서 연습을 하고 있었다. 그런데 아무리 기다려도 반주자 선생님이 오지 않았다. 그때는 핸드폰이 없던 때라 무작정 기다리는 수밖에 다른 방법이 없었다. 반주 선생님은 음악회 시간이 임박해서야 겨우 도착했다.

나는 다행히 순서가 조금 뒤쪽이라 한 번 반주를 맞추고 들어갈 수 있었다. 그런데 연습 도중 몇 번이나 악보가 생각나지 않았다. 여러 번 끊겼고 삑 소리도 몇 번이나 났다.

'아…, 오케스트라 협연은 물 건너갔구나.'

나는 마음을 비우고 대기실에 앉아 있었다. 앞 순서가 끝나고 내 차례가 되었다. 나는 긴장하지 말고 틀리지만 말자는 생각으로 연주를 시작했다.

무대에 올라가서 첫 소리를 내는 순간. 내가 내는 소리를 듣는데 기분이 너무 좋았다. 리드도 최상이었고 무엇보다 음정이 너무 잘 맞았다. 그렇게 큰 실수 없이 기분 좋게 연주를 마치고 내려왔다. 악기를 시작하고 나서 연습 때보다 만족한 연주는 그때가 처음이었다. 며칠 뒤, 향상 음악회 성적이 공개되었다.

문석환. 98점.

나는 뛸 듯이 기뻤다.

**11화**

# 아첼란도(Accelando)_점점 빠르게 3: 고2(1993년)

• 1993년 9월 서울시립대 콩쿠르

"석환아, 너 콩쿠르 나가 볼래?"

"콩쿠르요? 무슨 콩쿠르요?"

"서울시립대 콩쿠르."

향상음악회에서 좋은 성적을 받고 기분 좋게 2학기를 보내던 어느 날이었다. 실기 선생님이 서울시립대 콩쿠르에 나가 보지 않겠냐고 물어보셨다. 나는 그런 큰 대회에 나간다는 게 두렵긴 했지만 내 수준이 어느 정도인지 시험해 보고 싶은 마음에 도전해 보기로 마음먹었다.

당시 서울시립대 콩쿠르는 1차와 2차 두 곡을 준비해야 했다. 1차 곡으로 〈베버 클라리넷을 위한 변주곡 (C. M. v. Weber Variations for Clarinet Op. 33)〉, 2차 곡으로 〈베버 클라리넷 소협주곡(C.M.v. Weber Clarinet Concertio)〉을 준비했다. 두 곡 다 이미 연습했던 곡이라 자신 있었지만 다른 학교 학생들과 경쟁하는 콩쿠르는 처음이다 보니 무섭고 두려운 마음이 컸다.

콩쿠르는 9월 말이었다. 콩쿠르 당일 서울시립대에 들어섰는데, 음대를 한 번도 가 본 적이 없던 내 눈에는 보이는 모든 것이 새로웠다. 대기실에는 이미 많은 사람들이 와 있었다. 플룻, 오보에, 클라리넷, 바순 등 모든 목관 악기가 보였다. 당시 서울시립대 콩쿠르는 목관부를 하나로 묶어서 시상을 했다. 교복을 보니 서울예고와 선화예고 학생들이 많이 보였다. 그 친구들은 이미 친분이 있는지 삼삼오오 모여 웃으며 이야기를 나누고 있었다. 덕원예고는 나 혼자였고 나는 혼자 구석에 앉아서 내 순서를 기다렸다.

"야, 저건 어디 교복이야?"
"그러게, 나도 처음 보는 교복인데?"
"교복도 본 적 없는 학교니 보나마나 잘 못

하겠지?"

나를 보면서 자기들끼리 수근대는 소리가 들렸다. 그 소리를 듣자 아까까지 두려웠던 마음이 싹 가시고 쟤네들 한테 내 실력을 보여 주자는 오기가 생기기 시작했다.

1차 시험이 시작되었다. 나는 대기실에서 눈을 감고 머릿속으로 계속 악보를 그리며 마인드 컨트롤을 했다. 드디어 내 순서. 나는 자신 있게 보이고 싶어 평소보다 몸을 많이 흔들고 소리도 더 크게 냈다. 큰 실수 없이 연주가 끝났다. 게시판에 붙은 1차 합격자 6명 중에 내 번호가 있었다. 당시 서른 명 정도가 콩쿠르에 참가했는데 입시 준비를 하는 3학년들이 많이 와서 2학년은 내가 유일했다.

내가 6명 안에 포함되었다는 것이 믿기지 않고 어안이 벙벙했다. 어쨌든 기분 좋게 2차 시험 준비에 들어갔다. 2차는 오후에 진행되었다. 나는 점심을 먹고 혼자 연습을 하고 있었다. 그때 누군가 연습실로 들어왔다.

"저기… 혹시 어느 학곤지 물어봐도 돼요?"

"저, 덕원예고요."

"덕원예고? 처음 듣는 학곤데, 어디에 있는 학교예요?"

"화곡동 쪽에 있어요."

"아… 그렇구나. 오늘 콩쿠르 입상하고 나중에 꼭 우리 학교에 와서 다시 봤으면 좋겠어요."

알고 보니 당시 서울시립대에 재학 중이던 대학생 누나였다. 나는 그래도 내가 학교 이름을 알린 것 같아 기분이 좋았다.

2차 시험이 시작되었다. 나는 맨 마지막 순서였는데 자신 있게 끝까지 큰 실수 없이 연주하고 무대에서 내려왔다. 결과가 나왔다. 목관부 3등이었다. 1, 2등이 둘 다 서울예고 바순인 것을 감안하면 클라리넷은 내가 1등이라 할 수 있었다.

난생처음 나간 콩쿠르에서 내가 입상을 하다니, 그것도 2학년이…! 그날 이후 나는 서울대에 들어가는 것을 목표로 잡았다. 갑자기 자신감이 하늘을 찔렀다.

**12화**

# 아첼란도(Accelando)_점점 빠르게 4: 고2(1993년)

### • 1993년 10월 오케스트라 정기 연주회

서울시립대 콩쿠르 며칠 뒤 학교 오케스트라 정기 연주회가 있었다. 다행히 내가 협연할 곡은 콩쿠르 2차 곡인 〈베버 클라리넷 소협주곡(C. M. v. Weber Clarinet Concertio)〉이었다. 1학년 때는 목동 청소년회관에서 연주회를 했는데 2학년 때는 연세대학교 100주년 기념관에서 연주회를 했다.

공연 당일. 나는 원래 리허설 시간보다 일찍 도착해서 먼저 소리를 내 보았다. 그런데 생각보다 소리가 울리지 않았다. 나중에 들어보니 연세대 100주년 기념관 설계 자체가 소리가 울리기 힘든 구조라고 했다.

리허설이 시작되었다. 소리가 잘 울리지 않아 어쩔 줄

몰라 하는 나와는 달리 다른 동기들과 후배들은 무리 없이 잘 연습을 하고 내려오는 것이었다. 일찍 악기를 시작한 예중 출신들이 많아서 그런지 이런 환경에도 잘 적응을 하고 있는 듯했다.

'홀 컨디션에 따라서 이렇게 실력이 왔다 갔다 하다니…. 나는 정말 한참 멀었구나….'

다른 친구들은 오디션을 보았고 진짜 실력을 검증받고 뽑혔는데 나만 오디션도 보지 않았는데 선생님이 그냥 뽑아 주신 거구나 하는 생각이 들었다.

리허설을 마치고 대기실에 앉아 있는데 왠지 틀릴 것 같은 불안한 예감이 들었다. 설상가상으로 당시 오케스트라에 클라리넷이 부족해서 나는 연주곡 솔로 부분과 협연을 병행해야만 했다. 계속 악기를 불다가 쉬지도 못하고 바로 협연을 해야 하는 상황이라 체력 안배가 중요했다.

연주회가 시작되었다. 연주회 첫 곡은 〈루스란과 루드

밀라, 서곡(Rusland and Lyudmila, Overture)〉이었다. 클라리넷 솔로가 많이 나오는 곡이었지만 다행히 무난하게 잘 끝났다. 이어지는 다른 협연곡에서는 클라리넷이 안 나오고 바이올린 협연곡만 나왔다. 기다리면서 엄청 긴장이 되었다.

드디어 내 협연 순서가 되었다. 무대에 올라가서 인사를 하는데 오늘도 가족들이 맨 앞줄에 앉아 있었다. 나는 긴장하지 않으려고 앞에 보이는 태극기만 쳐다보며 연주를 했다. 곡이 거의 끝나갈 무렵. 이제 다 끝났구나 하는 생각에 긴장이 풀려서 그랬는지 스케일로 반주 없이 빠르게 올라가는 부분에서 악보를 잊어버려 소리가 나오지 못했다.

'아뿔싸…!'

그 뒤로 어떻게 연주를 했는지 기억에 나지 않는다. 나는 겨우 연주를 마치고 무대 밖으로 나갔다. 그렇게 정신 없이 2학기 정기 연주회를 마쳤다. 2학기 기말 실기시험

곡은 〈베버 클라리넷 협주곡 2번(C. M. v. Weber Clarinet Concerto No. 2)〉 3악장이었다. 정확히 기억나지 않지만 95점 정도의 점수를 받았던 것 같다. 그렇게 나의 고2가 끝나가고 있었다.

# 13화

# 알레그레토(Allegretto)_조금 빠르게 1: 고3(1994년)

• 1994년 5월 서울대 콩쿠르

고3을 앞두고 있던 겨울 방학. 대학 입시 관련 고민이 많았다. 서울대에 들어가고 싶기는 했지만 성적이 중간 정도였기 때문에 성적을 더 올리지 않으면 서울대에 들어가기는 힘들어 보였다.

"석환아, 너 내신 몇 등급이지?"
"0등급이요…"
"그래? 수능 모의고사 점수는 얼마 나왔어?"
"000점이요….'
"너 그 성적으로 서울대는 힘들겠는데?"

실기 선생님은 내 등급과 성적으로는 서울대 가기는 힘들겠다고 하셨다. 나는 겨울 방학 때 연습보다 공부에 더 신경을 써야겠다고 마음을 먹었지만 막상 책상에 앉아 책을 펴면 너무 졸린 나머지 엎드려 자기 일쑤였다.

1994년 3월. 나는 어느새 고3이 되었다. 당시 가족들의 배려로 등하굣길이 너무 먼 나를 위해 잠실에서 목동으로 이사와 살고 있었는데, 전세기간이 만료되어 우리는 다시 잠실로 이사를 가야 했다. 아침 6시에 잠실역에서 스쿨버스가 있었다. 버스를 타기 위해 5시 반에는 집에서 나와야 했는데 그때 아버지께서 하루도 빠짐없이 잠실역까지 태워 주셨던 기억이 난다. 지금 생각해 보면 고3 아들 때문에 아버지가 얼마나 힘들고 피곤하셨을까 싶은 마음에 감사하고 또 죄송하다.

6시에 출발한 스쿨버스는 대략 7시 반에 학교에 도착했다. 가끔 길이 막히면 8시가 다 되어서 도착할 때도 있었는데 스쿨버스를 타고 온 애들은 지각으로 치지 않았다. 한번은 스쿨버스를 놓쳐서 일반 버스를 타고 등교한 적이 있었다. 나는 8시가 조금 넘어 학교에 도착했다. 그때는 체육 선생님 K 선생님이 흰 체육복을 입고 매일 교문을 지키고 계셨다. 지각하는 학생들은 오리걸음으로 운동장 10바퀴를 돌아야 교실에 들어갈 수 있었다.

이대로 교문으로 들어가면 선생님께 걸릴 게 뻔했다. 나는 예전에 만들어 놓은 개구멍으로 들어가기 위해 학교 밖으로 돌아가고 있었다. 그런데 멀리서 본 체육 선생님께 딱 걸리고 말았다.

"어이, 거기 일루 와."

"……."

"문석환이네. 너 3학년이니까 내가 봐준다."

"선생님, 감사합니다!!" 나는 오리걸음을 하지 않아도 되는 줄 알고 속으로 쾌재를 불렀다.

"아홉 바퀴만 돌아."

"네?!"

그렇게 아홉 바퀴를 돌고 교실로 들어갔던 기억이 난다.

그렇게 잠실에서 등하교를 하며 연습과 공부를 병행하는 것이 체력적으로 너무 힘들었다. 하지만 나는 일 년만 버티자는 마음으로 친구들과 어울리지 않고 학교를 마치면 곧장 집으로 돌아와 연습과 공부를 했다.

그렇게 1학기를 보내던 어느 날이었다.

"석환아, 너 이번에 서울대 콩쿠르 나가라."

실기 선생님께서 이번에 서울대에서 콩쿠르를 연다며 나가라고 하셨다. 서울대에 진학하고 싶었던 나는 너무 좋은 기회이고 곡도 예전에 연습했던 곡들이라 선뜻 나가겠다고 했다. 서울대에 입학하려고 준비하는 애들은 거의 다 참가할 테니 다른 학생들의 수준은 어떤지도 알 수 있으리라 생각했다.

콩쿠르는 5월이었다. 두 달 정도를 남기고 정말 쉴 틈 없이 연습했다. 학교를 마치고 집에 가면 6시였다. 얼른 저녁을 먹고 7시부터 다음 날 새벽 2시까지 연습을 했다.

당시 예선 곡은 〈베버 클라리넷 소협주곡(C. M. v. Weber Clarinet Concertino)〉이었는데 문제는 본선 곡이었다. 본선 곡은 〈베버 클라리넷 협주곡 2번(C. M. v. Weber Clarinet Concerto No. 2)〉 전 악장이었다. 물론 연습했던 곡이지만 나에겐 너무 어려웠기 때문이다. 당시 나는 정말 밥 먹는 시간도 아껴가며 연습을 했다. 그때 우리는 아파트에 살고 있었는데 아버지께서 직접 작은방을 개조해 방음실을 만들어 주셨다. 나는 방음실에서 새벽까지 연습하다 잠들곤 했다.

그렇게 서울대 콩쿠르 당일이 밝아 왔다. 나는 일찍이 일어나 준비를 하고 서울대로 향했다. 서울대 정문에 들어서면서 여기가 내가 다닐 학교가 되겠지 하는 상상을 했다. 대기실에 들어가서 악기 조립을 하고 소리를 내고 있는데 누군가 엄청 빠른 템포로 연습을 하고 있었다. 나와 같은 곡을 연주하는 게 맞나 싶을 정도로 그야말로 손가락이 보이지 않는 수준이었다. 그 모습을 보는 순간 나는 엄청 주눅이 들어 버렸다. 다른 친구들 역시 나와는 비교가 되지 않을 만큼 수준급이었다. 나는 마음속으로 서울대는 포기해야겠다는 생각을 했다.

예선이 시작되었다. 아까 손가락이 보이지 않게 연주를 하던 친구가 바로 내 앞이었다. 밖에서 듣고 있던 나는 정말 시험을 포기하고 싶었다. 그리고 내 순서가 되었다. 그동안 그렇게 열심히 연습했지만 나는 실수 연발에 내가 생각해도 한심한 수준으로 연주를 마치고 시험장에서 나왔다. 그렇게 나는 서울대 콩쿠르 예선에서 탈락했다.

## 14화

# 알레그레토(Allegretto)_조금 빠르게 2: 고3(1994년)

- 1994년 5월 한예종 입시 준비 시작

서울대 콩쿠르 예선에서 탈락한 나는 갑자기 길을 잃은 것 같은 기분이 들었다.

"선생님, 저 이제 어떻게 해야 하죠?"

"한예종 시험 보자."

실기 선생님은 내게 한예종 시험을 준비하자고 하셨다. 한국예술종합학교는 지금이야 워낙 유명해서 더 설명할 필요도 없는 학교가 되었지만 내가 고3이던 당시엔 설립된 지 얼마 되지 않아 관련 정보가 무척 부족했다. 나는 그런 신생 학교 입시를 준비하라는 선생님 말씀에 선뜻 그러겠다고 대답을 하지 못했다.

내가 망설이고 있자 선생님은 거긴 내신 없이 실기시험만 보고 교수진들이 훌륭해서 앞으로 전도유망한 학교가 될 거라고 나를 설득하셨다. 선생님의 설득에 나도 한예종 입시를 준비하기로 마음을 먹었다. 한예종 입시는 수능을 치기 전인 11월에 있었다. 6개월 정도의 시간이 남아 있었다. 반년이라는 시간이 있었지만 시험이 3차까지 있었고 준비해야 할 곡들이 많았다. 또 무엇보다 시창청음 시험을 봐야 했기에 준비가 만만치 않았다.

1차 시험은 〈베버 클라리넷 협주곡 1번 (C. M. v. Weber Clarinet Concerto No. 1)〉 1악장과 〈카발리니(Cavalini)〉 연습곡 1-5번 그리고 시창청음이었다. 연주는 그래도 어느 정도 자신이 있었는데 문제는 시창청음이었다. 수업 시간에 배운 내용이긴 했지만 수업에서도 늘 점수가 잘 나오지 않던 과목이었다. 시창은 악보를 보고 노래를 부르는 거라 어느 정도 할 수 있었다. 청음은 피아노 음을 듣고 적는 시험인데 클라리넷은 조가 다르다 보니 항상 소리가 낮게 들렸다. 2차 시험은 〈모차르트 클라리넷 협주곡 가장조 (W. A. Mozart Clarinet Concerto in A major

K.622)〉1악장과 초견시험이었다. 나는 속으로 모차르트 협주곡 진짜 지겹게 만나네 싶었지만 한편으로는 다행이다 싶기도 했다. 이렇게 2차까지 합격하면 3차는 면접이었고 면접은 대부분 합격시켜 준다고 했다.

5월 말부터 본격적으로 시험 준비에 들어갔다. 우선 손가락이 어려운 부분을 집중적으로 연습했다. 새벽 4시에 일어나 집에서 한 시간 정도 기초 연습을 하고 5시에 아침을 먹고 학교에 갔다. 아침 자율학습시간에도 연습실에 올라가 연습을 했고 점심시간에도 밥을 먹지 않고 연습만 했다. 밥 먹는 시간도 아까웠다. 하교 후에는 바로 집으로 와서 방음실에 들어가 새벽 2시까지 연습하는 생활을 했다.

하루는 수능 모의고사가 있는 날이었는데 월드컵 2차전과 시간이 겹쳤다. 학교에서는 축구 경기를 다 보고 모의고사를 본다고 했다. 연습할 시간도 부족한데 월드컵 경기라니……. 나는 얼른 시험을 보고 집에 가고 싶었다. 하지만 학교에는 3학년 교실에만 TV가 있어서 1, 2학년 후배들까지 모두 3학년 교실에 몰려와 같이 축구를 보았던 기억이 난다. 당시 나는 축구를 보지 않고 혼자 악기를 조립해서 조용히 손가락 연습을 했다. 그렇게 당시 내 머릿속에는 온통 입시 생각뿐이었다.

고3 여름 방학이 시작되었다. 입시는 얼마 남지 않았고 시창청음 문제는 여전히 해결되지 않은 상황이었다. 당시 어머니 지인분의 아들이 작곡과를 다니고 있었는데 나는 그 형에게 시창청음 과외를 받기로 했다. 첫 과외 시간, 그 형이 테스트를 해 본다며 피아노 건반을 눌렀다. "도-", 그런데 내 귀에는 '시b'으로 들렸다. "레-", 내 귀에는 '도'로 들렸다. 그렇게 첫 테스트에서 나는 전부 다 틀리고 말았다. 그야말로 시창청음은 어떻게 해야 할지 앞이 보이지 않았다.

"너 이제까지 어떻게 음악을 한 거야? 귀가 너무 안 좋은데?"

그 형이 했던 말이 아직도 생생하게 기억난다. 형의 말을 듣고 나는 좌절할 수밖에 없었다. 한예종도 포기해야 하나보다 생각하고 있는데 갑자기 형이 아주 획기적인 아이디어를 제시했다.

> "아! 석환아, 너 이러면 되겠다. 이제부터
> 들리는 걸 한 음씩 올려 적어 봐!"
> "오!!!!! 그런 방법이 있었네요!!"

그때부터 나는 내가 들리는 소리에서 한 음씩 올려서 답을 적기 시작했다. 놀랍게도 다음 시창청음 수업 때 나는 처음으로 다 맞을 수 있었다. 그렇게 시창청음에도 점점 자신이 생기게 되었다. 여름 방학 동안 나는 하루도 빠지지 않고 매일 개인 연습 7시간과 시창청음 연습 3시간을 하며 보냈다.

그러던 어느 날이었다. 아침에 일어나 보니 오른쪽 손목에 통증이 느껴졌다.

'왜 이러지? 연습을 너무 많이 해서 그런가?' 나는 동네 한의원에 가서 침을 맞았다. 원장 선생님께서는 내가 입시라 스트레스를 많이 받고 너무 무리해서 연습을 해서 그런 것 같으니 오늘은 찜질하고 나서 푹 쉬라고 하셨다. 나는 알겠다고 대답은 했지만 침을 맞고 나니 손목이 또 괜찮은 것 같아 집에 와서 다시 연습을 했다. 이 손목 통증이 훗날 내 인생을 완전히 바꿔 놓을 사건의 시작일 줄 그때는 전혀 몰랐다.

**15화**

# 알레그레토(Allegretto)_조금 빠르게 3: 고3(1994년)

• 1994년 11월 한예종 입시

그렇게 3학년 여름 방학이 지나가고 고등학교의 마지막 학기가 시작되었다. 당시 하루에 10시간 정도씩 연습을 했다. 지금 생각해 보면 정말 무식하게 연습을 한 것 같다. 하지만 당시에는 한예종에 들어가고 싶은 마음이 너무나 간절했기에 정말 이를 악물고 열심히 연습했던 것 같다. 입술에 피가 나기도 하고 엄지손가락이 심하게 아플 때도 많았지만 나에게 그런 것은 중요하지 않았다.

그렇게 운명의 입시날이 되었다. 당시 컨디션이 무척 좋았다. 내가 할 수 있는 모든 노력을 다해 준비했다고 생각했고 그만큼 자신 있었다. 시험날 사복을 입고 가도 괜찮았지만 나는 일부러 교복을 입고 갔다. 대기실에 들어서는 순간 숨이 막히는 기분이었다. 클라리넷 응시생만

60명 정도가 순서를 기다리고 있었다. 3명을 뽑는데 60명이라니……. 전년까지만 해도 경쟁률이 이렇게 높지 않았는데 내가 응시하던 그해 유독 경쟁률이 높았다고 했다.

'진짜 장난이 아니구나…….'

나는 다리에 힘이 풀리기 시작했다.

"석환아!"

그때 누군가 내 이름을 부르는 것이 아닌가? 돌아보니 당시 한예종에 재학 중이던 같은 선생님 제자 민조 형이었다. 실기 선생님께서 본인이 가르쳐 한예종에 수석 합격하고 지금 다니고 있는 제자가 있다며 귀에 못이 박힐 만큼 많이 얘기했던 형이었다. 선생님은 나보고도 한예종에 수석 합격해야 한다며 나에게 엄청난 압박을 주셨다. 지금은 모 대학 교수로 재직 중인 민조 형은 당시 나에게 이런저런 조언을 많이 해 주었는데 1차 시험에도 나를 응원해 주기 위해 찾아온 것이었다.

"석환아, 평소대로만 해. 사람 많이 왔다고 주눅 들지 말고!"

형의 응원 덕분에 다시 힘이 났다. 응시자가 너무 많아 시험은 서른 명씩 나누어 1부와 2부로 진행되었다. 나는 2부의 첫 번째 순서였다. 연습곡부터 시험을 봤다. 다행히 큰 실수 없이 연주를 마쳤다. 다음으로 시창청음 시험을 봤다. 그때는 드디어 귀가 트였는지 정말 너무 잘 들리는 기분이었다. 그렇게 기분 좋게 첫날 시험을 마쳤다. 다음 날 시험은 곡 시험이었다. 시험곡은 정말 자신 있던 곡이었기에 나는 왠지 모를 기대감에 들떠 있었다. 그런데 대기실에서 조금 연습을 한 후 다른 사람들이 반주 맞추는 것을 듣고 있는데 다들 너무 잘한다는 생각이 들었다.

'클라리넷 잘하는 사람들이 이렇게 많구나…….'

나는 그때 처음으로 중학교 때 열심히 공부하지 않아 악기를 시작한 것을 후회했다. 시험에 들어가기 직전, 내 앞 순서 수험생이 갑자기 울면서 나왔다. '왜 울지?' 생각하면서 시험장에 들어갔다. 시험장에 들어서자 정면에 앉아 있는 심사위원들이 보였다. 나는 엄청난 위압감에 주눅이 들었다. 시험이 시작되고 내가 가장 자신 있는 부분을 불고 있는데 심사위원들이 바로 그 부분에서 끊는 게 아닌가? 나는 '내가 뭔가 잘못했구나….' 하고 실망하면서 시험장을 나왔다. 시험장 밖에서 아까 울면서 나간 학생이 공중전화에서 전화하는 게 보였다. 시험 도중에 끊겨서 나왔다는 말이 들렸다. 나는 '나도 끊겼는데….' 생각하며 아무런 기대 없이 집으로 돌아왔다.

이틀 뒤. 실기 선생님 수업이 있었는데 너무 가기가 싫었다. 왠지 모르지만 클라리넷이 조금 싫다는 느낌이 들었다. 그렇게까지 내 모든 노력을 다해 열심히 했는데도 이것밖에 되지 않는다면 나는 재능이 없는 사람이라는 생각이 들었다. 그래도 억지로 수업에 들어갔다.

"너 한 시간 뒤에 다시 레슨받으러 와."

"네?"

"석환이 너, 혼 좀 나야겠더라. 어떻게 그렇

105

게 시험을 봤어?"

"죄송해요. 선생님."

"흐흐, 석환이 너 1차 붙었대!"

"… 네?!"

"얼른 어머니께 가서 말씀드리고 한 시간
만 이 기분 만끽하다가 와."

"선생님, 진짜예요?"

"그래, 그리고 1차에서 9명 뽑았는데, 남자
는 너 혼자란다."

"와!!!"


아직 2차가 남았지만 나는 기분이 너무 좋았다. 마치
벌써 합격이라도 한 것처럼 들떴다. 가족들도 축제 분위
기였다. 칭찬에 인색한 누나도 대단하다며 엄지손가락을
들어 주었다. 2차 시험까지는 약 보름이 남아 있었고 중간
에 수능이 있었다. 실기 선생님은 수능을 보지 말고 연습
에 더 집중하라고 하셨지만 부모님께서는 혹시 모르니 수
능은 봐야 한다고 하셨다. 당시 수능 공부를 거의 하지 않
았던 나는 아무 준비 없이 수능을 보았다.

아직도 수능 당일 기억이 생생하다. 당시 내가 속한 고사장은 나를 제외하고는 대부분 체육과 학생들이었다. 자리에 앉아서 주위를 살펴보는데 대부분이 엎드려 있었다. 수능 1교시. 듣기 평가 도중에 반 이상이 나갔다. 2교시, 3교시도 마찬가지였다. 4교시 영어 시간이 가장 압권이었는데 영어 듣기 도중에 반 이상이 나가고 시험이 끝나고 나니 나만 혼자 덩그러니 남아 있었다. 감독관 선생님은 그런 내가 안쓰러웠는지 "쟤네들 신경 쓰지 마. 어차피 갈 학교가 정해져 있는 애들이라 그냥 대충 찍고 나간 거야…." 하셨다. 나는 그 친구들이 부럽긴 했지만 속으로 '나도 한예종 붙을 거니까….' 생각하며 편한 마음으로 시험을 마무리했다.

한예종 2차 시험일. 아침 일찍 일어나서 연습을 하고 시험 장소로 향했다. 대기실에 있는데 누가 말을 걸어왔다. 콩쿠르나 캠프에서 마주쳤는지 안면이 있는 얼굴이었다.

"너 덕원예고 다녀?"

"어…."

"나 그동안 네 교복만 보고 무시했는데 미
안해."

"아, 아니야…."


나는 이제야 다른 사람들도 나를 조금씩 인정해 주는
거서 같아 기분이 좋았다. 2차 시험은 1차 시험과 달리 일
반인들도 구경할 수 있는 공개시험이었다. 부모님은 떨린
다며 오지 않으셨고 민조 형이 내 시험을 보러 왔다.


시험이 시작되었다. 먼저 초견곡 연주였다. 심호흡을
하고 연주를 시작했다. 악보가 너무 잘 보였고 실수도 없
고 표현도 잘했다. 그리고 곡으로 들어갔다. 그날따라 평
소보다 더 소리가 잘 나왔다. 그렇게 시험을 끝냈고 느낌
이 너무 좋았다. 민조 형도 나에게 "석환아, 너 너무 잘하
더라. 좋은 결과 나올 것 같아."라고 말해 주었다.

**16화**

# 알레그레토(Allegretto)_조금 빠르게 4: 고3(1994년)

• 1995년 1월 한양대 입시

불합격.

며칠 뒤 불합격 통지를 받았다. 한예종 2차 시험은 일반인에게 공개된 시험이었다. 현장에서 연주를 들었던 사람들 그리고 나 스스로 무난히 합격할 거라고 생각했기에 불합격의 충격이 너무나 컸다. 클라리넷을 시작하고 처음으로 겪는 큰 실패에 모든 것이 두려워지기 시작했다. 혼자 거리를 배회하면서 수많은 생각을 했다.

'그렇게 죽도록 연습을 했는데도 불합격이라니⋯. 나는 진짜 재능이 없나 보다.'

'재수를 해야 할까? 아니면 그냥 클라리넷을 포기할까?'

내가 그렇게 이틀 정도 진로에 대해 고민하고 있을 때 실기 선생님이 집으로 호출하셨다.

"세 명 뽑는데 네가 4등으로 떨어졌다고 하더라. 아깝다. 석환아."

"네…."

"너 연세대 갈래 아니면 한양대 갈래?"

"네?!"

선생님은 나에게 다시 정시 준비를 하라고 했다.

"지금 다시 정시 준비를 하라고요?"

"연세대는 〈모차르트 클라리넷 협주곡 가장조 (W. A. Mozart Clarinet Concerto in A major K. 622)〉 1악장이고 한양대는 〈베버 클라리넷 협주곡 2번(C. M. v. Weber Clarinet Concerto No. 2〉 1악장이야. 어쨌든 다시 한번 도전해 보자."

정시까지 한 달이 남은 시점이었다. 처음부터 다시 준비해야 하는 상황이었다.

"저 한양대 시험칠게요, 선생님."

연세대는 친구가 시험을 보기로 한 것도 있었고 우선 한양대 곡이 내가 소화하기에 더 편했기에 나는 한양대에 응시하기로 마음을 먹었다. 입시 곡은 〈베버 클라리넷 협주곡 2번(C. M. v. Weber Clarinet Concerto No. 2)〉 1악장이었고 연습곡은 〈로제 에튀드(Rose Etude)〉 1-32번 중 6개였다. 제비뽑기로 두 곡을 정해야 하는 상황이라 어차피 6개 곡을 다 준비해야 했다.

마지막이었다. 나는 한 달간 말 그대로 지옥 훈련을 했다. 남은 시간이 거의 없었고 모두 다시 연습을 해야 했다. 나는 처음부터 박자기를 틀어 놓고 아주 천천히 연습을 했다. 그렇게 한 달 동안 12시간씩 매일 연습을 했다. 나는 주어진 시간이 너무 부족했기에 곡을 끝까지 연습하지 않고 딱 두 페이지만 연습하는 모험을 시도했다. 만약 시험 때 뒤쪽까지 듣더라도 그때는 어쩔 수 없고 두 페이지라도 완벽하게 연습하자는 생각을 했다.

그렇게 시험 당일이 되었다. 어머니가 태워 주셔서 캠퍼스에 들어왔는데 정문을 찾지 못했다. 병원 뒷길로 돌아 한참을 헤맨 후 겨우 음대를 찾았다. 연습실은 지하에 있었고 대기실은 신관이었다. 그날 대기실이 너무너무 추웠던 기억이 난다. 시험은 오전에 에튀드를 보고 오후에 곡을 보는 일정이었다. 당시 서울대, 연세대, 한양대가 같은 군이었는데 한양대로 입시생이 대거 몰렸다. 클라리넷 2명을 뽑는데 16명이 왔다. 꽉 찬 대기실을 보며 속으로 나는 진짜 입시 운이 없나 보다 생각했다.

오전 시험이 시작되고 내 차례가 되었다.

"00마디부터 해 봐."

시험관이 갑자기 에튀드 중간부터 해 보라는 것이 아닌가?

"......"

마디가 보이지 않았다. 원래 에튀드는 처음부터 해야 하는데 갑자기 중간부터라니?! 눈앞이 캄캄했다. 겨우 마디를 찾아서 소리를 내는데 스타카토 부분에서 손과 혀가 맞지 않았다. "투투 투투." 그렇게 나는 전혀 다른 곡을 불고 나왔다.

오전 시험이 끝나고 차에서 기다리고 계시던 어머니를 찾아갔다.

"엄마, 오후 시험 잘 봐도 나 안 될 것 같아
요. 우리 그냥 집에 가요."
"왜? 많이 틀렸어?"
"완전 망쳤어요…."
"아무리 망쳐도 시험은 끝까지 보고 가야
지…."
"… 네."

나는 어머니 차 안에서 심호흡을 하고 다시 대기실로 올라갔다. 오후 시험곡은 마음이 편안했다. 나는 아무 기대가 없었기에 연습도 하지 않고 대기실에 그냥 앉아 있었다. 조금 후 응시생마다 반주 연습을 할 수 있는 시간이 주어졌다.

한 친구가 다른 사람 연습 때 계속 따라서 불고 있었다. 그때 클라리넷이 모두 16명이 왔는데 그 16번을 모두 불고 있었다. 나는 속으로 '저 친구 나중에 힘들 텐데….' 생각하며 순서 제비뽑기를 했다. 나는 중간 정도 순서였는데 내 앞이 바로 그 친구였다. 그 친구가 시험 칠 때 나는 얼마나 잘하나 들어보고 싶어 대기석에서 귀를 쫑긋 세우고 듣고 있는데 4마디를 못 나가는 것이었다. 나는 속으로 '내 저럴 줄 알았다.' 싶었다.

나는 틀리지만 말고 나와야겠다는 생각으로 마음 편히 시험에 임했다. 다행히 큰 실수는 하지 않았고 운이 좋았는지 딱 두 페이지에서 끊었다. 나오면서 다음 응시자 연주를 살짝 들었다. 그런데 그 친구도 금방 나오는 것이 아닌가? 그 친구 역시 아까 반주 연습 때 8번 정도 따라 불렀던 친구였다.

한 군데만 원서를 넣었던 나는 한양대에 떨어지면 재수를 하거나 유학을 가거나 악기를 포기해야만 했다. 한양대 시험이 끝나고 발표를 기다리는 그 며칠이 진짜 몇 년같이 느껴졌다. 발표 하루 전 친구 어머니한테 전화가 왔다.

"석환 엄마, 석환이는 어떻게 됐대?"
"아, S 엄마, 한양대 발표 내일 아니야?
"내일이 발푠데 오늘 전화해 보니 알려 주더
라고, 우리 S는 합격했데, 얼른 전화해 봐요."
"진짜?! 알겠어요, 일단 끊어."

"뚜뚜뚜뚜- 뚜뚜뚜뚜-."

학교 전화는 계속 통화 중이었다. 어머니와 나는 속이 타들어 갔다. 그렇게 한 시간 정도 전화를 시도했을까? 드디어 연결이 되었고 내 수험번호를 눌렀다. 심장이 터질 것만 같았다.


"수험번호 0000님, 합격입니다."


어머니는 펄쩍 뛰며 어린아이처럼 좋아하셨다. 먼저 아버지께 전화를 드린 후 친척들과 친구들 모두에게 전화를 돌리기 시작하셨다. 친척들 사이에서 문제아로 인식되던 내가 대학교에 합격했다고 하니 당시 다들 충격을 받으셨다고 한다. 그날 조기 퇴근하신 아버지와 어머니, 누나 그리고 나 이렇게 네 식구가 베니건스로 외식을 하러 갔다. 하늘로 날아오를 것 같은 기분이었다.

2막

대학교 · 군대 시절

**17화**

# 리타르단도(Ritardando)_점점 느리게:
# 대학교 1학년(1995년)

- 1995년 3월 대학교 입학
- 1995년 7월 실기시험

내가 대학생이 되다니, 문제아로 낙인찍혔던 중학교 시절에는 상상도 못 할 일이었다. 클라리넷을 시작하고 처음으로 연습 없이 한 달 정도를 쉬었던 것 같다. 누나와 함께 여기저기 구경도 하고 맛있는 것도 먹으면서 자유의 시간을 누렸다.

2월에 고등학교 졸업식이 있었다. 정말 우여곡절 많았던 3년. 막상 정들었던 학교를 떠난다니 가슴이 먹먹했다. 덕원예고에 들어와서 클라리넷에 재미를 붙였고 또 덕분에 대학까지 들어가게 되었으니 나는 덕원예고 덕을 많이 보았다 할 수 있었다. 선생님, 동기들, 후배들과 작별 인사를 했다. 나는 마음속으로 대학교에 가서도 덕원예고 출신이라는 자부심을 가지고 다른 사람들이 우리 학교를 무시하지 못하도록 열심히 하겠다는 다짐을 했다. 그렇게 나의 고등학교 시절을 마무리했다.

　이제 나도 대학생이 된다는 생각에 설레는 마음으로 지내고 있던 어느 날, 아직 입학도 하지 않았는데 선배들 졸업식 연주에 참가해야 한다는 연락을 받았다. 나는 이번 기회에 미리 선배들, 동기들과 인사할 수 있어서 좋을 것 같다는 생각으로 학교로 향했다. 하지만 학교에 도착하자마자 그런 내 생각이 얼마나 순진한 착각이었는지 알게 되었다. 선배들은 처음 보는 우리들을 무척 강압적으로 대했다. 연습 세팅을 우리보고 하게 시켰다. 팀파니, 보면대, 그리고 수십 개가 넘는 의자를 옮겨야만 했다. 그렇게 몇 번의 연습을 하고 며칠 뒤 졸업식 연주를 했다. 졸업식 연주를 끝내고 집으로 돌아오는 길. 내가 과연 대학 생활에 잘 적응할 수 있을지 여러모로 걱정이 되었다.

　3월 2일 입학식을 끝내고 집으로 가려는데 남자 선배들이 우리 학번 남학생들을 집합시켰다. 선배들을 따라 들어간 곳은 지금은 없어진 허름한 창고 같은 곳이었다. '여긴 뭐하는 데지?' 하면서 들어갔는데 분위기가 살벌했다.

"만나서 반갑다. 우리 앞으로 잘 지내보자." 한 선배가 먼저 말을 꺼냈다. 선배의 부드러운 말투에 긴장이 풀어진 우리는 큰 소리로 웃으며, "네, 잘 부탁드립니다." 하고 대답했다.

"너희 중에 혹시 쇠보면대 잘 푸는 사람 있어?" 한 선배가 물었다.

나는 기쁜 마음으로 잽싸게 손을 들고 말했다.

"제가 한 번 해 보겠습니다." 그렇게 나는 열심히 쇠보면대를 분해했다.

그 후 선배들은 우리에게 엎드려뻗쳐를 시키고 보면대 가장 길고 단단한 부분으로 열 대씩을 때렸다. 우리는 그렇게 왜 맞는 건지 영문도 모른 채 선배들에게 맞았다. 나중에 친한 선배한테 물어보니 '전통'이라고 했다.

'전통? 이게 전통이라고?!'

선배들은 그렇게 우리 신입생들을 때리고 술 마시러 가자고 했다. 우리는 하나같이 어안이 벙벙한 얼굴로 따라가서 술을 마셨다. 선배들한테 맞은 것도 처음이었고 술이라는 것을 마셔 본 것도 그날이 처음이었다.

나는 이렇게는 도저히 이 학교에 다닐 수 없다고 생각했다. 하루는 다시 수능을 봐서 서울대에 가야겠다는 생각으로 집에 가는 길에 수능 문제집을 샀다. 그런데 집에 와서 책을 펴고 10분도 되지 않아 생각이 바뀌었다.

'설마 뭐 큰일이야 있겠어? 내가 선배가 되면 그놈의 전통 다 없애 버리면 되지….'

그렇게 내 대학 생활에 대한 환상은 첫날부터 완전히 산산조각 났고 그 뒤로도 내가 생각했던 것과는 너무 다른 방향으로 흘러갔다. 우리는 연습은 거의 하지 못하고 매일 술 마시는 데 따라다녀야 했다. 또 동기 중 누구 한 명이 잘못하면 단체로 기합을 받아야 했다. 나는 꾹꾹 참으며 억지로 학교생활에 적응해 가고 있었다. 한 선배는 차라리 군대가 여기보다 더 편할 거라며 군대에 가라고 말하기도 했다. 그 선배처럼 그런 문화를 싫어하는 사람도 있었지만 소수가 그런 분위기를 바꾸기에는 역부족이었다.

나는 이대로 정체되어 있을 수는 없다고 생각했다. 적어도 한양대에서는 최고가 되어야겠다고 마음을 먹고 틈틈이 연습을 하기 시작했다. 인연이 있었는지 고등학교 때 실기 선생님이 대학교에서도 계속 실기 수업을 맡아주셔서 레슨을 받을 때만큼은 마음이 편했다. 당시 선생님은 앞으로 졸업하면 뭘 하고 싶냐고 자주 물어보셨다. 나는 그때마다 선생님처럼 되고 싶다고 대답했다. 선생님은 나처럼 말이 없는 애가 어떻게 레슨을 하겠냐며 핀잔을 주시곤 했다. 선생님 말씀처럼 나는 말수가 적었고 사람들과 대화하는 것을 좋아하지 않았기에 마음속으로 누군가를 가르치는 일보다는 연주자가 되는 것을 목표로 하고 지냈다.

"석환아, 너 동아콩쿠르 한번 나가 볼래? 곡
은 1차는 〈드뷔시 클라리넷을 위한 첫 번째
랩소디(Debussy Premirer Rhapsodie for
Clarinet)〉, 2차는 〈모모곡〉, 3차는 〈모모
곡〉이야."

하루는 선생님께서 나보고 동아콩쿠르에 참가해 보자
고 하셨다. 동아콩쿠르는 지금도 최고의 콩쿠르지만 당시
에는 1등을 하면 군대도 면제시켜 줄 만큼 대단한 꿈의 콩
쿠르였다.

세 곡 다 처음 듣는 곡이었다. 그래도 한 번 도전해 보
고 싶어 곡을 받고 연습을 시작했다. 1차 곡 드뷔시부터
너무 어려웠다. 나는 연주 앨범을 사서 열심히 듣고 그대
로 따라 하려고 노력했다. 어느 날 레슨을 받는데 선생님
이 요즘 누구 앨범 들으면서 연습하냐고 물어보셨다. 나
는 누구누구 앨범을 듣고 있다고 대답했다. 선생님은 너
무 내 연주 스타일이 없고 따라 하는 느낌이 든다며 앨범
듣지 말고 연습하라고 하셨다.

그렇게 새벽까지 연습을 하는데 갑자기 오른손에 심한 통증이 느껴졌다. 나는 연습을 많이 해서 그런가 보다 하고 대수롭지 않게 넘겼다. 그런데 다음 날도 통증이 사라지지 않아 한의원에 침을 맞으러 갔다. 원장님은 내가 너무 무리하게 연습을 해서 그런 것 같으니 좀 쉬라고 하셨다. 실기 선생님께는 죄송했지만 나는 손의 무리도 있고 내가 아직 동아콩쿠르 곡들을 소화할 실력이 되지 않는 것 같으니 동아콩쿠르는 다음에 참가하겠다고 말씀드렸다.

1학년 첫 실기시험. 시험곡이 동아콩쿠르 1차 곡인 드뷔시였다. 나는 1학기 실기 성적을 잘 받아서 선생님께 동아콩쿠르에 참가하지 못한 부분을 만회하고자 했다. 손에 무리가 가지 않게 힘을 빼는 연습을 하면서 점차 곡을 완성해 갔다. 손이 점점 편해져서 나는 심리적 부담 때문에 통증이 있구나 하고 생각했다. 시험당일. 심사위원 아홉 분이 들어오셨던 걸로 기억한다. 시험이 끝나고 나는 나름 만족할 만한 연주를 했다고 생각했다. 그런데 생각지도 못하게 아주 형편없는 점수가 나왔다.

'아…. 이게 내 진짜 실력이구나. 난 그저 그런 학생일 뿐이구나….' 나는 엄청난 자괴감에 빠져들었다. 그렇게 대학교 1학년 1학기를 마쳤다.

**18화**

# 프레스토(Presto)_매우 빠르게:
# 대학교 1학년(1995년)

- 1995년 7월 클라리넷 캠프
- 1995년 11월 서울시향 협연

1학년 여름 방학. 뭔가 변화가 필요했다. 나는 스스로 재능이 없다고 생각했기에 남들보다 두 배, 세 배의 노력을 해서라도 재능의 열세를 극복하자고 다짐했다. 하지만 그런 나의 각오와 달리 클라리넷을 시작하고 처음으로 슬럼프가 찾아왔다. 갑자기 주법이 망가지고 소리도 거칠어져서 어떻게 해야 할지 몰랐다. 그러던 중 클라리넷 캠프 소식을 듣게 되었다.

당시 클라리넷 캠프는 베어스타운에서 진행되었는데 유명한 선생님들이 많이 오시고 특히 미쉘 아리뇽(Michel Arrignon) 파리 국립음악원 교수님도 오신다고 했다. 나는 좋은 기회라고 생각하고 어머니께 허락을 받아 캠프에 참가했다. 버스를 타고 이동한 캠프장에는 당시 웬만한 클라리넷 하는 사람들은 다 모여 있는 것 같았다. 예전 서울대 콩쿠르에서 충격적인 테크닉을 보여 주었던 상옥이도 보였다. 말이 없던 나는 대화 나눌 사람도 없이 혼자 주눅 들어 있었다.

캠프 첫날. 아직 슬럼프에 빠져 있던 나는 무척 긴장했다. 손이 벌벌 떨리고 주법은 제대로 잡히지 않은 채 바람 새는 소리만 났다. 스스로가 너무 창피했다. 당시 레슨받았던 곡은 1학기 시험곡이었는데도 나는 전혀 연주를 할 수 없었다. 그렇게 첫 레슨을 망친 나는 연습은 고사하고 아무것도 할 수 없는 느낌이었다. 음악을 시작하고 처음으로 큰 위기가 왔다고 생각했다.

"너 엄청 잘한다고 들었는데 컨디션 안 좋니?"

나에 대한 소문을 들었다던 한 형이 나에게 말을 건네며 걱정해 주었다. 나는 컨디션이 문제가 아니라 내 실력이 문제라고 생각했다. 슬럼프에 심한 좌절감까지 겹친 나는 결국 캠프 마지막 날 연주를 포기했다. 좋은 기회가 될 거라고 생각했던 캠프가 그렇게 허무하게 끝나 버렸다. 집으로 돌아오는 버스 안. 갑자기 눈물이 펑펑 쏟아졌다.

'나도 그동안 열심히 했는데 도대체 왜 안 되는 거지? 다른 사람들은 다들 잘하는데……'

다음 날. 나는 처음부터 시작한다는 마음으로 연습을 시작했다. 목표는 2학기 실기 1등이었다. 나는 자신감을 되찾고 싶었고 덕원예고 출신이라서 못한다는 소리를 듣고 싶지 않았다. 그렇게 남은 방학 내내 기초 연습만 했다. 롱톤, 스타카토, 스케일…….

"석환아, 너 서울시향 협연해 보지 않을래?"

여름 방학이 끝나가던 어느 날, 실기 선생님이 서울시향 협연에 나가 보라고 하셨다. 서울시향 협연 이야기를 듣는 순간 여기에 모든 걸 걸어야겠다는 생각이 들었다. 그때 협연으로 선택한 곡은 〈베버 클라리넷 협주곡 1번

〈(C. M. v. Weber Clarinet Concerto No. 1)〉전 악장이었다. 원래 오디션을 봐야 했지만 서울시향에 계셨던 선생님의 추천으로 바로 협연할 수 있는 기회를 얻었다.

방학이 끝나고 2학기가 시작되었다. 전 악장을 연주해야 하니 더 많은 연습이 필요했다. 당시 수업이 보통 9시에 시작해서 6시에 끝났는데 나는 나머지 시간을 최대한 활용해서 연습을 했다. 새벽 6시까지 학교에 가서 3시간 정도 연습을 하고 수업 후 집으로 돌아와 새벽 1시까지 연습을 했다. 곡을 완벽하게 소화할 때까지 녹음해서 들어보고 다시 연습을 하고 그렇게 몇 개월의 시간을 보냈다.

서울시향과의 첫 연습날. 긴장하긴 했지만 그래도 자신 있었다. 슬럼프에서도 어느 정도 벗어나 있었고 곡에 대한 해석도 나름 끝낸 상황이었다. 그럼에도 불구하고 20분이 넘는 곡을 실수 없이 하기란 쉽지 않았다. 나는 그래도 무사히 연습을 마치고 내려왔다.

연습이 끝나고 한 바이올린 선생님이 나에게 말을 걸어

왔다.

　　"너 진짜 잘하더라, 한양대 다닌다고 했지?"
　　"네…."
　　"고등학교는 어디 나왔어?"
　　"덕원예고요."
　　"덕원예고? 그 학교가 클라리넷 엄청 잘하
　　는 학교인가 보구나…."

나는 더 대답하지는 않았지만 속으로 너무나 뿌듯했다.

　　당시 나 말고 세 명이 더 협연을 했는데 피아노 한 명에
플루트가 두 명이었다. 이 친구들은 셋 다 나보다 어린 친구
들이었는데 어렸을 때부터 영재 소리를 듣는 그야말로 음
악 신동들이었다. 나는 그냥 평범한 대학생이었고 오디션
도 보지 않고 참가했기 때문에 시향분들도 별 기대하지 않
다가 내 실력에 놀란 것 같았다. 나는 괜히 기분이 좋았다.

　　협연날이 다가올수록 긴장되었지만 이번 기회에 뭔가

를 보여 줘야 한다는 생각도 점차 강해졌다. 내가 협연하는 것을 알리기 위해 클라리넷 하는 지인들은 물론 고등학교 동문들 그리고 대학 친구들 모두에게 팸플릿을 나눠 주고 다녔다.

드디어 결전의 날이 밝았다. 공연장은 호암아트홀이었다. 오전에 집에서 간단히 연습을 하고 연주회 장소로 이동했다. 리허설은 오후 3시였고 연주는 7시에 시작되었다. 나는 2부 첫 번째 순서였는데 1부 친구들의 리허설을 보며 속으로 '진짜 잘한다!' 하며 감탄했지만 한편으로 나도 지면 안 된다는 생각을 했다. 리허설은 잘 안 맞는 부분 위주로 짧게 맞추고 마무리했다. 긴 연주라 체력 안배도 중요했기 때문이다.

연주 10분 전. 관객들이 많이 왔는지 확인하던 나는 얼어붙었다. 객석은 관객으로 꽉 찼고 클라리넷 하는 사람들도 많이 보였다. 공연이 시작되었다. 대기실에 있는 모니터로 다른 협연자들의 1부 연주를 보면서 나는 긴장하지 말자며 마인드 컨트롤을 했다. 1부가 끝나고 중간 쉬는 시간. 내 생각과 달리 심장은 미친 듯이 쿵쾅거리고 있었다.

드디어 2부의 막이 올랐다. 나는 천천히 무대로 올라갔다. 부모님이 제일 앞줄에 앉아 계셨고 몇몇 아는 얼굴들이 보였다. 오케스트라 반주가 시작되었다. 나는 첫 음부터 소리를 내기 시작했다. 연주가 계속될수록 여유가 생겼다. 나중에는 객석 사람들의 표정까지 눈에 들어왔다.

1악장이 끝나고 2악장이 시작될 무렵. 아버지께서 주무시고 계시는 모습이 눈에 들어왔다. 당황한 나는 잠시 멘탈이 흔들렸지만 어머니가 아버지를 재빨리 깨우시면서 위기를 모면했다. 그렇게 2악장도 끝이 났다. 드디어 내가 제일 자신 있는 3악장이 시작되었다. 나는 정말 내 모든 것을 쏟아 내며 연주에 몰입했다. 그렇게 전 악장의 연주가 끝났다. 준비했던 만큼 실력을 발휘한 것 같아 스스로 만족했다. 그리고 원래 다짐대로 사람들에게 뭔가를 보여 준 연주라고 생각했다. 가족들이 무척 좋아해 주셨고 다른 지인들도 많이 축하해 주었다.

다음 날 학교로 갔는데 K 교수님께서 따로 방으로 불러

칭찬해 주셨다. 그날 이후로 선배와 동기들이 나를 다른 눈으로 보는 것이 느껴졌다. 클라리넷을 시작한 지 4년 만에 드디어 다른 사람들로부터 인정을 받게 된 것이다. 협연이 끝나고 얼마 뒤 2학기 실기시험이 있었다. 협연 때와 같은 곡이 시험곡이어서 정말 마음 편하게 시험을 보았다. 성적이 나왔다. 1학기 때보다 훨씬 좋은 성적이었다.

**19화**

# 파우제(Pause)_휴식:
# 대학교 1학년(1995년)

- 1995년 12월 독일행

1학년이 끝나갈 때쯤 실기 선생님으로부터 전화가 왔다.

"석환아, 나 선생님인데 어머님 집에 계시니?"
"네-."
"어머니 좀 바꿔 줄래?"

나는 선생님이 왜 전화하셨는지 궁금해 선생님과 어머니의 통화를 살짝 엿들었다. 얼핏 독일 유학 얘기가 오가는 것 같았다. 통화가 끝나고 어머니께서 나를 불렀다.

"너, 선생님한테 독일 가고 싶다고 했어? 엄마한테는 말도 안 하더니…. 선생님 지인이 독일에서 활동 중이신데 이번에 연주회가 있어서 잠깐 한국에 들어오신데. 선생

님이 너 그분한테 인사드리고 가능성 있는지 한번 보자고
하시더라."

선생님의 지인은 독일 데트몰트(Detmold) 대학에서 수
학하신 분으로 한스 클라우스(Hans Klaus) 교수님의 애제
자라고 했다. 실기 선생님은 이번 기회에 지인에게 나를
소개하고 내 가능성을 시험해 보고 싶으셨던 것이다. 나
는 갑자기 진짜 독일 유학을 갈 수도 있다고 생각하니 설
레기도 하고 두렵기도 했다. 정말 가고 싶었지만 먼 이국
에서 잘 적응할 수 있을지도 걱정이었다. 언어도 문제였
다. 당시 어머니의 추천으로 독일문화원에 다니며 독어를
배우기 시작했지만 학교 때문에 많이 빠졌고 그다지 열심
히 하지도 않았다. 그나마 다행인 것은 만약 유학을 결심
하게 된다 해도 바로 입학시험을 치는 것이 아니라 방학
때 그 교수님께 레슨을 받고 6개월 정도 후에 시험을 치면
된다는 것이었다. 시간적으로는 여유가 있었다.

선생님 지인 K 선생님과 약속한 당일.

"석환이 너 몇 살이야?"

"열아홉 살이요."

"너 정도면 충분히 가능할 것 같다. 아직 나
이도 어리고⋯."

나는 너무 기분이 좋았다. 지인분은 독일로 돌아가 교
수님께 미리 얘기해 놓겠다고 하셨다.

그렇게 나는 한스 클라우스(Hans Klaus)교수님께 레슨
을 받기 위해 가족, 친구에게 작별 인사를 하고 독일로 향
했다. 난생처음 외국에 나간 나는 정신이 하나도 없었다.
다행히 고등학교 후배 Y가 그 학교에 재학 중이라 공항으
로 마중을 나와 주었다. 후배 집으로 가서 짐을 푼 나는 시
차 적응이 안 되어 바로 곯아떨어졌다.

다음 날 후배가 학교 구경을 시켜 주겠다고 했다. 캠퍼
스가 정말 멋있었고 거기서 연습하고 있는 학생들은 다들
천재처럼 보였다. 그렇게 캠퍼스를 둘러보고 연습 잠깐
해 볼까 하는 마음에 빈 연습실을 찾아 연습을 하고 있었

다. 그런데 Y가 갑자기 급하게 뛰어 들어왔다.

"형, 클라우스 교수님 해외 연주 가셨다는
데요? 형 몰랐어요?"
"뭐라고?! 얼마 동안?"
"두 달이요!"

나중에 알아보니 소통에 문제가 있어 그 교수님은 내가
오는 기간을 깜빡하고 해외 연주를 가 버리셨던 거였다.
나는 어쩔 수 없이 집으로 전화를 걸었다.

"엄마, 교수님 해외 연주 가셨대요…."
"뭐라고? 그럼 레슨 못 받는 거야?"
"네……."

나는 그렇게 겨울 방학 동안 독일에서 혼자 연습을 하
고 Y와 실컷 유럽 여행을 하다가 한국으로 돌아왔다.

"석환아, 너 독일 유학 간다더니, 벌써 돌아

온 거야?!"

"어…. 그렇게 됐어…."

지금 생각해 보면 웃픈 에피소드지만 당시 나는 어쨌든 잘되었다고 생각했다. 군대 문제도 있었고 2학년을 다니면서 꼭 전체 1등을 하겠다고 새로 다짐했다.

**20화**

# 프레스토(Presto)_매우 빠르게 1:
# 대학교 2학년(1996년)

- 1996년 7월 1학기 실기시험
- 1996년 12월 2학기 실기시험

2학년이 되었다. 나는 후배들이 들어온다는 생각에 들떠 있었다. 그런데 막상 들어온 후배들은 나보다 나이가 많은 사람들이 더 많았다. 이미 군대를 다녀온 형들도 있었고, 우리를 괴롭히던 선배의 친구도 있었다. 불행 중 다행인 것은 클라리넷 전공 후배들은 전부 나보다 어려서 그나마 친하게 지낼 수 있었다는 것이다.

나는 후배들에게 부끄럽지 않은 선배가 되기 위해 더 열심히 연습해야겠다고 생각했다. 하지만 현실은 내가 원하는 방향으로 흘러가지 않았다. 선배들은 시도 때도 없이 우리를 집합시켰고 구타는 점점 심해졌다. 한번은 동기 누나가 클라리넷 파트 모임에 참석하지 않았다는 이유로 나 혼자 강의실에 끌려가 두 시간이 넘게 맞은 적도 있었다. 지금 생각해 보면 말이 안 되는 상황이지만 당시에는 그렇게 누구 하나 잘못했다는 이유로 걸핏하면 집합해서 맞고 또 끌려가서 술을 마시는 생활이 반복되었다. 동기들 중에는 실제로 이런 생활을 견디지 못해 군대에 간 친구들도 있었다. 나 역시 그냥 군대에 가 버릴까 하는 생각을 수 없이 했다. 그렇게 한 학기 내내 집합하고 맞고 술자리에 끌려다니느라 연습할 시간은 거의 없었다. 그렇게 나는 대학 생활에 점점 지쳐 가고 있었다.

그런 가운데도 1학기 실기 시험이 걱정이었다. 〈코플랜드 클라리넷 협주곡(A. Copland Clarinet Concerto)〉이 시험곡이었는데 꽤 난이도가 있고 긴 곡이었다. 당시 실기 선생님도 심사위원 중 한 분이셨는데 곡이 너무 길어서 중간에 끊어 주겠다고 하셨다. 선생님 말씀에 걱정을 조금 덜기는 했지만 그래도 혹시 몰라 끝까지 연습을 했다. 시험 당일. 심사위원 중에 선생님이 보이지 않았다. 나중에 몸이 편찮으셔서 못 나오셨다는 것을 알았지만 당시 선생님이 보이지 않자 나는 괜히 더 긴장할 수밖에 없었다. 20분이 넘는 곡이라 중간에 누구 한 분은 끊으시겠지 했는데 웬걸, 다들 그 긴 곡을 끝까지 들으시는 게 아닌가? 그래도 큰 실수 없이 무사히 시험을 끝냈다. 며칠 뒤. 성적이 공개되었다. 비록 1등은 아니었지만 꽤 높은 점수를 받았다. 나는 2학기 때 전체 실기 수석을 하겠다는 목표를 세웠다.

여름 방학이 되었다. 나는 예전에 했던 방식으로 아침 8시부터 밤 10시까지 하루 12시간씩 연습했다. 롱톤 2시간, 스케일 1시간, 연습곡 1시간, 스타카토 1시간 그리고 나머지 시간은 실기곡으로 연습했다.

8월에는 학교에서 주최하는 오케스트라 캠프가 있어 참석했다. 캠프에서는 주로 2학기 정기 연주회 연습을 했다. 1학년 때는 1학년만 따로 오케스트라 수업을 해서 별로 긴장되지 않는데 2학년이 되니 2, 3, 4학년이 같이 수업을 해서 무척 긴장됐다. 나는 제일 아래 학년이라 베이스 클라리넷만 불면 되는 줄 알았는데 1학기 점수가 높다는 이유로 생각지도 못하게 세컨드 클라리넷 자리를 맡게 되었다. 보통 직업 오케스트라에서 각 파트 수석 선생님 밑에 있는 부수석 선생님 자리를 내가 맡게 된 것이었다. 갑자기 세컨드 클라리넷 자리를 맡아 멘붕이 온 상태였던 나에게 설상가상으로 연주곡이 그때까지 들어 본적도 없는 〈베를리오즈 환상교향곡(Berlioz, Symphony Fantastique)〉이라고 했다.

지휘자 P 교수님은 바로 악보를 펴고 합주에 들어갔다. 마치 고등학교 1학년 때로 다시 돌아간 기분이었다. 나는 한 마디도 못 나가고 우두커니 악보만 보고 있었다. 선배들은 아주 자신 있게 연주하는데 나만 버벅거리고 있으니 스스로도 정말 답답한 지경이었다. 〈베를리오즈의 환상교향곡(Berlioz, Symphony Fantastique)〉은 총 5악장으로 되어 있는데 5악장에 내 솔로 부분이 있었다. 그것도 조를 바꿔서 바로 불어야 했다. 내가 계속 못 나오자 지휘자 선생님은 그 부분만 10번 넘게 반복했다.

나는 합주 연습이 끝나고 화장실로 가서 펑펑 울었다. 내 모습이 너무 바보 같았고 스스로에게 화가 났다. 화장실에서 나오는데 나를 보는 선배들의 차가운 시선이 느껴졌다. 나중에 들은 이야기지만 선배들 사이에서 나는 듣보잡 덕원예고 1회 출신에 말도 없는데다가 서울시향 협연까지 해서 그야말로 눈엣가시 같은 존재였다고 한다. 선배들 사이에서도 미운털이 박힌 나는 무척 외로웠고 내가 택한 길이 맞는지에 대한 끝없는 의문이 들었다. 그래도 포기할 수는 없었다.

나는 이 곡을 다 외울 때까지 연습을 하고 2학기 때 전체 수석을 하겠다고 다짐했다. 오케스트라 곡의 앨범을 거의 다 구입해서 듣고 또 들었다. 그리고 그 오케스트라 앨범에 맞춰 연습을 하기 시작했다. 처음에는 속도를 따라가지 못했지만 점차 익숙해지면서 자신감이 생기기 시작했다.

2학기가 시작되었다. 첫 오케스트라 합주 시간 솔로 부분을 연주하는데 다들 무척 놀라는 눈치였다. 당시 거의 완벽하게 준비를 해 갔던 나는 아예 눈을 감고 연주를 했던 기억이 난다. 실기 시험곡은 스트라빈스키(Stravinsky)

의 〈Three pieces for clarinet solo〉였다. 무반주곡이었지만 현대곡이어서 박자나 테크닉이 무척 어려웠다. 방학 때부터 계속 연습한 나는 이 곡을 완벽히 마스터해서 무반주라는 핸디캡을 극복하고 최고 점수를 받겠다고 이를 갈았다.

2학기 실기시험 날이 밝았다. 나는 전혀 긴장하지 않고 연주를 시작했다. 곡은 총 3악장이었는데 1악장 연주가 끝나자 한 심사위원이 박수를 치셨다.

'이제 됐구나….'

나는 계속해서 2악장과 3악장 연주를 이어 나갔다. 그렇게 시험을 끝낸 나는 내가 준비한 만큼 완벽하게 시험을 봤다는 생각에 너무나 기분이 좋았다.

며칠 뒤. 강의실에서 수업 준비를 하고 있는데 조교님이 갑자기 강의실 문을 열고 들어오시며 말했다.

"오늘 시험 점수가 나왔다. 그런데 결과가
예상 밖이라 당황스럽네-."

"……."

"문석환, 너 시험 잘 봤어?"

"그냥, 그럭저럭 봤어요…."

"네가 전체 1등이야."

"네?!"

"네가 전 학년 통틀어 1등이라고!"


시험을 잘 쳤다고 생각은 했지만 전 학년 1등은 생각지 못했다. 그 얘기를 듣는 순간 가슴이 먹먹해졌다. 그해 여름 돌아가신 외할머니가 생각났기 때문이다. 내게는 엄마보다 더 엄마 같고 항상 남에게 베풀며 살라고 말씀하셨던 할머니…. 실기시험 전날 꿈에 나와서 웃으시면서 나를 안아 주시던 장면이 아직도 생생히 떠오른다. 나는 최고 성적을 받았다는 이야기를 듣고 외할머니가 나를 지켜 주고 계신다는 생각이 들어 더욱 힘이 났다.


그렇게 앞으로는 더 재밌게 음악 생활을 할 수 있을 것 같다는 기대를 안고 2학년을 마무리했다. 앞으로 내게 어떤 시련이 닥칠지 까마득히 모른 채 말이다.

**21화**

# 프레스토(Presto)_매우 빠르게 2:
# 대학교 3학년(1997년)

- 1997년 7월 1학기 실기시험
- 1997년 7월 오스트리아 캠프

3학년이 되었다. 나를 제외한 남자 동기들 대부분이 군대에 갔다. 나는 동아콩쿠르에 한 번 더 도전하고 싶어 입대를 미루고 있었다. 3학년이 되었으니 이제 선배들의 괴롭힘이 좀 덜하겠지 했는데 복학생 선배들의 집합과 구타는 그칠 줄 몰랐다. 맞으면서 있었던 에피소드가 하나 있다. 하루는 컨디션이 너무 안 좋아서 그런지 맞고 있는데 평소보다 심하게 아팠다. 내가 아파하는 모습을 보며 때리던 선배가 기껏 한다는 말이,

"넌 고등학교 때 안 맞아 봤냐? 뭘 이렇게 아파해?!" 하는 것이었다. 나는 그 와중에 "네, 저 고등학교 1회라서 안 맞았습니다!" 하고 대답했다.

심각한 상황에서 다들 웃음이 터졌고 다행히 내 뒤로는 맞지 않고 집합이 마무리 되었다. 그날 나는 다시 한번 내 후배들은 이런 ×같은 문화를 겪지 않게 해 주겠다고 다짐했다.

실기 선생님께 동아콩쿠르 곡을 건네받았다. 1차 시험 곡은 〈지닌 루에프 클라리넷과 피아노를 위한 소협주곡, Op. 15(Jeanine Rueff Concertino for Clarinet and Piano, Op. 15)〉라는 곡이었는데 처음 듣는 곡이었다.

"선생님, 이 곡 어떤 곡이에요?"

"글쎄…. 나도 잘 모르는 곡이네…."

선생님도 잘 모르는 곡이라니, 나는 막막했다. 조금씩 연습을 해 나갔지만 영 감이 잡히지 않았다. 2차 곡은 〈슈만환상곡(Schumann Fantasie)〉, 3차 곡은 〈모차르트 클라리넷 협주곡 가장조 K. 622(Mozart Clarinet Concerto in A major K. 622)〉라서 1차만 무사히 끝나면 2, 3차는 오히려 어느 정도 자신이 있었다. 나는 1차 곡에 엄청난 정성을 쏟으며 연습하기 시작했다. 박자기를 틀어 놓고 될 때까지 반복해서 연습을 했다. 그렇게 몇 개월이 흘렀고 1학기 실기시험 날짜가 다가왔다. 나는 동아콩쿠르 1차 곡으로 실기시험을 보기로 하고 더 부담을 가지고 연습을 했다. 당시 반주자 선생님과 호흡이 정말 잘 맞았다. 나와 두 시간 넘게 함께 연습을 해 주셨고 이런저런 조언도 많이 해 주셨던 기억이 난다.

그렇게 시험 당일이 되었다. 연주를 시작하고 나서 갑자기 악보가 전혀 생각이 나지 않았다. 첫 음부터 잘못 나왔다. 정신없이 원곡과 전혀 다른 연주를 하고 나왔다. 물론 끊기거나 하는 큰 실수는 없었지만 마치 작곡을 하고 나온 것 같은 기분이었다. 며칠 뒤. 성적이 나왔다.

93점.

'뭐지?' 예상했던 것보다 엄청 높은 점수가 나왔다. 나중에 생각해 보니 심사위원들이 아무도 그 곡을 몰라서 원래 그런 곡인 줄 알고 높은 점수를 주신 것 같았다. 어쨌든 나는 다시 디테일하게 연습을 해서 콩쿠르 때는 완벽하게 연주하겠다고 다짐을 했다.

여름 방학이 되었다. 나는 오스트리아에서 열리는 캠프에 참가하게 되었다. 실기 선생님과 같이 서울시향에서 근무하셨던 분이 기획한 캠프였는데 나도 참가할 기회를 얻은 것이었다. 거기서 그 선생님의 유학 시절 교수님께 레슨을 받는 시간도 있다고 했다. 대학교 후배 2명 그리고 이미 오스트리아로 유학 가 있던 고등학교 후배 1명과 함께 캠프에 참가했다.

오스트리아로 떠나는 날. 나는 비행기 안에서 무척 설레었다. 몇 시간 후 도착한 잘츠부르크(Salzburg)는 정말 너무나 멋진 도시였다. 건물들이 너무 멋있어서 여기서 연주하는 것만으로도 대가가 된 것 같은 기분이 들 것 같았다. 성당들도 하나같이 웅장하고 고풍스러웠다. 그렇게 잘츠부르크에서 20일 정도 머문 후 비엔나에서 15일을 머무는 캠프 일정이 시작되었다.

잘츠부르크 일정 동안 우리는 아파트를 임대해 숙식을 했다. 도착 첫날. 대학 후배들과 숙소에 짐을 푼 후 동네 구경을 했다. 음식점에 들러 장을 보고 집에 돌아오자마자 곯아떨어졌다. 다음 날 우리는 아침 일찍 일어나 준비를 하고 잘츠부르크 학교로 향했다.

학교에 들어서던 순간의 충격을 아직도 잊지 못한다. 밖에서 보면 그냥 오래되어 보이는 건물이었지만 건물 내부는 정말 음악밖에 생각나지 않을 정도로 예술적이었기 때문이다. 우리는 연습실에서 악기를 조립하고 각자 연습을 시작했다. 이윽고 교수님이 들어오셨다. 알프레트 프린츠(Alfred Printz) 교수님이라고 당시 클라리넷계에서는 유명한 교수님이었다. 프린츠 교수님께 직접 레슨을 받는다고 생각하니 너무 설레고 기뻤다. 당시 동아콩쿠르 2, 3차 곡인 슈만과 모차르트곡을 레슨받았는데 너무 긴장했는지 첫날은 소리가 제대로 나지 않았다. 하지만 시간이 갈수록 점차 적응을 해서 프린츠 교수님께 많은 가르침을 얻을 수 있었다. 프린츠 교수님은 리드메이킹도 잘하셨는데 리드를 직접 깎는 법을 가르쳐 주셨다. 월요일부터 금

요일까지 매일 레슨을 받고 토요일은 리드메이킹에 대해서 배웠다. 정말 알차게 보낸 시간들이었다. 나는 당시 잘츠부르크에서 많은 영감을 얻었다. 연주할 때 표현을 어떻게 하는지 배울 수 있었던 소중한 시간들이었다.

잘츠부르크 일정이 끝나고 우리는 다음 장소인 비엔나로 향했다. 비엔나에 도착하니 이미 비엔나에서 유학 중이던 고등학교 후배 상준이가 마중을 나왔다. 비엔나에 있는 동안 우리는 이미 캠프에 와 있던 다른 악기 사람들과 함께 호텔생활을 했다. 그때 나는 성악을 하던 어떤 아저씨와 한방을 썼던 기억이 난다.

다음 날 아침. 비엔나의 화려한 건물들이 눈에 들어왔다. 비엔나는 과연 음악의 도시였다. 이 도시에 있는 것만으로도 모차르트의 음악이 떠오르고 연주가 절로 되겠다는 생각이 들었다. 비엔나에서는 매일 레슨이 있는 일정이 아니라서 개인 연습을 할 수 있는 시간이 있었다. 우리는 비엔나 국립음대에서 연습을 했다. 캠퍼스로 멋졌고 연습실도 정말 너무 좋았던 기억이 난다. 비엔나 국립음대에서 레슨해 주기로 한 교수님은 슈미트(Shumit)라는 젊은 교수님이었다. 슈미트 교수님은 정말 열정으로 가득한 분이었다. 교수님께 브람스와 모차르트 그리고 동아콩쿠르 1차 곡인 〈지닌 루에프 클라리넷과 피아노를 위한 소협주곡, Op. 15(Jeanine Rueff Concertino for Clarinet and Piano, Op. 15)〉 레슨을 받았다. 칭찬도 많이 해 주시고 용기를 북돋아 주셔서 정말 감사한 시간들이었다.

비엔나에서 기억에 남는 일화가 하나 있다. 슈미트 교수님의 추천으로 한 성당에서 연주를 하게 되었다. 캠프 참가자 모두가 아닌 몇 명만 연주하는 것이었는데 내가 연주한 곡은 〈모차르트 클라리넷 협주곡 가장조 K. 622(Mozart Clarinet Concerto in A major K. 622)〉 3악장이었다. 성당이 울림이 좋아서 그런지 내 소리가 너무좋게 들렸다. 끝나고 나서 교수님도 너무 잘했다고 폭풍칭찬을 해 주셨다. 나중에 알고 보니 그 연주가 양로원 봉사 연주였는데 그 이야기를 듣고 나니 슈미트 교수님이더 존경스럽게 느껴졌다. 비엔나 일정에서도 음악적으로많이 배웠고 무엇보다 큰 자신감을 얻었다.

"너 우리 학교에 시험 보지 않을래?"

한국으로 떠나기 전 슈미트 교수님이 내게 물어보셨다.

"저, 군대를 다녀와야 해서요…."

"근데 우리 학교는 나이 제한이 있는데…."

"저 이번 콩쿠르에서 1등 하면 군대 면제받

을 수 있어요! 열심히 해 보겠습니다."

"그래 그럼 꼭 1등해서 다시 보자!"


말은 그렇게 했지만 솔직히 1등 할 자신은 없었다. 제
일 처음 내가 클라리넷에 입문하게 도와준 호섭이 형이
콩쿠르에 나온다고 했기 때문이다. 아무튼 그렇게 사십여
일간의 캠프 일정을 마치고 한국으로 돌아왔다.

**22화**

# 프레스토(Presto)_매우 빠르게 3:
# 대학교 3학년(1997년)

- 1997년 9월 동아콩쿠르 참가

한국에 돌아와 보니 어느새 여름 방학도 다 끝나가고 있었다. 다음 학기 준비를 하며 열심히 연습을 하고 있을 때 집으로 한 통의 전화가 걸려왔다.

"여보세요?"

"문석환이냐, 나 K 교수야."

"교수님!"

관악합주 지휘를 하는 K 교수님이었다.

"이번에 관악합주 순회 연주 계획이 있다. 니가 협연 좀 해라."

"협연이요? 오디션 안 보고요?"

"그래, 내가 추천해서 오디션 없이 협연할 수 있어."

나는 교수님께서 나를 특별 추천해 주셨다는 말에 기분이 좋았다.

"교수님, 그런데 협연 일정이 언젠가요?"

"9월 0일에서 0일이야."

"네?!"

협연 일정이 동아콩쿠르 일정과 겹쳤다. 물론 나도 입상하기 힘들 거라는 것은 알고 있었지만 반년이 넘는 시간 동안 준비해 온 만큼 꼭 참가하고 싶었다.

"교수님, 너무 죄송합니다. 하지만 동아콩쿠르 일정이랑 겹쳐서요."

"동아콩쿠르는 다음에 나가도 되니까 나는 네가 이번에 꼭 협연을 했으면 좋겠다."

"네…."


나는 전화를 끊고 실기 선생님께 상황을 말씀드렸다. 선생님은 무슨 말이냐고 펄쩍 뛰시며 휴학계를 내고 콩쿠르에 참가하라고 하셨다. 그리고 K 교수님께는 본인이 잘 말씀드리겠다고 했다. 나는 그 길로 학교에 가서 일반 휴학계를 냈다. 군 휴학계를 내면 영장이 날아올 수도 있기 때문에 일반 휴학 신청을 했다. 그렇게 휴학을 하고 동아콩쿠르만 준비하며 연습을 했다. 나에게 1차 곡은 여전히 어려워서 그 곡에 가장 많은 시간을 할애했다. 그래도 오스트리아 캠프에 다녀오고 나서는 확실히 악기 부는 게 훨씬 수월해진 걸 느낄 수 있었다.

드디어 콩쿠르 당일. 신기하게도 전날까지 안 되던 부분이 아침에 일어나 보니 잘 돌아갔다. 기분 좋게 동아일보사로 향했다. 도착해 보니 맨 처음 내게 클라리넷을 소개해 준 호섭이 형, 서울대 콩쿠르에서 충격적인 테크닉을 보여 줬던 상옥이, 고등학교 캠프 때 만난 P 등 낯익은 얼굴들이 보였다. 나는 중간 순서여서 대기실에서 여유 있는 마음으로 기다렸다. 그런데 곡이 어려워서 그런지 중간에 끊기고 그냥 들어오는 사람들이 꽤 있었다. 내 앞 사람은 심지어 네 마디 연주하다 나오기도 했다. 나는 담담하게 시험장으로 들어갔다. 연주가 시작되었다. 나는 원래 연습하던 대로 끝까지 자신 있게 완주하고 시험장에서 나왔다.

당시 서른 명 정도가 콩쿠르에 참가했는데 모든 순서가 마치자 늦은 오후가 되어 있었다. 당일 바로 발표를 한다고 해서 기다리고 있는데 그 시간이 어찌나 길게 느껴지던지…. 얼마 후, 스텝분이 합격자 명단이 적힌 종이를 게시판에 붙였다. 참가자들이 우르르 몰려가 명단 확인을 했다. 명단에는 이름이 아니라 참가번호가 적혀 있었다. 나는 다른 사람들보다 조금 늦게 가서 명단을 확인했다. 그런데 명단 위에 내 번호가 떡 하니 적혀 있는 게 아닌가! 1차 합격자는 모두 9명이었다. 나와 연세대 한 명을 제외한 7명은 모두 서울대였다.

'진짜?!'

눈으로 보면서도 내가 1차에 합격했다는 것이 믿기지 않았다. 2, 3차 곡은 자신 있었던 나는 1등은 무리겠지만 입상을 목표로 다시 맹연습을 하기 시작했다. 2차까지 보름이라는 시간이 남아 있었다. 나는 매일매일 곡을 연습하면서 내가 연주한 것을 녹음해서 들었다. 녹음을 들으면서 내가 어디를 고쳐야 하는지 좀 더 확실히 알 수 있었다. 그렇게 연습을 하고 2차 시험 전날 피아노 반주 선생님과 반주를 맞추어 보았다. 선생님께서 이 정도면 충분히 승산이 있겠다고 말씀하셨다. 나 역시 내가 할 수 있는 준비는 다 했기 때문에 결과는 하늘에 맡기자 생각하고 잠자리에 들었다.

다음 날. 아침에 일어나자마자 배가 너무 아팠다. 화장실을 수없이 들락날락했다. 약을 먹어도 소용이 없고 식은땀이 줄줄 흐르는 게 최악의 컨디션이었다. 나는 어쩔 수 없이 그 상태로 콩쿠르 장소로 향했다. 거기서도 통증은 멈추지 않았다. 연습은커녕 의자에 앉아 있기도 힘든 상태였다. 반주 선생님은 그냥 포기하자고 하셨지만 나는 그래도 여기까지 왔는데 포기할 수는 없다고 생각했다.

배가 아픈 상태로 2차 연주를 시작했다. 악기에서 풀피리 소리가 났다. 당연히 호흡도 잘 안 됐다. 겨우 연주를 마친 나는 결과도 보지 않고 바로 집으로 향했다. 집에 누워 있는데 실기 선생님 전화가 왔다.

"석환이 너 이번에 입상할 수 있었는데 너무 아깝다. 그래도 포기하지 않고 끝까지 연주 마치다니 정말 대견하다."

선생님은 용기를 주려고 하셨지만 난 스스로가 너무 한심하게 느껴졌다.

'컨디션 조절도 제대로 못해서 콩쿠르나 망치고, 이게 뭐람….'

그렇게 반년 넘게 준비한 동아콩쿠르가 허무하게 끝나 버렸다.

당시 나는 휴학 중이었기 때문에 실기 선생님이 쉬는 동안 대학 입시생을 가르쳐 보라며 학생 한 명을 소개해 주셨다. 남는 게 시간이었던 나는 일주일에 세 번씩 레슨을 하며 그 학생을 가르치는 데 많은 시간을 보냈다. 그렇게 두 달쯤을 보내고 있는데 갑자기 집으로 뜻밖의 전화가 왔다.

"여보세요?"

"안녕하세요, 문석환 씨 집이죠? 여기 국립
경찰대학교향악단인데요, 내일 시험 장소
때문에 연락드립니다."

"네?!!"

## 23화

# 페르마타(Fermata)_늘임표 1:
# 군대 시절(1997년)

- 1997년 12월 군 입대

"군악대에서 전화 왔니? 원서 냈다고 너한
테 말한다는 게 깜빡했네. 내일이래니?"

"무슨 원서요?!"

"무슨 원서긴 입대지원서지."

"네?!!"

알고 보니 어머니는 내가 군 휴학을 낸 줄 알고 전부터
내가 가겠다고 했던 경찰군악대에 대신 원서를 내셨던 거
였다. 아직 군대에 갈 마음의 준비가 전혀 되어 있지 않던
나는 갑자기 머릿속이 복잡해졌다.

나는 일단 시험을 보러 경찰교향악단으로 향했다. 지금
은 경찰에서 군악병을 뽑지 않고 직업경찰로 뽑지만 1997

년 당시에는 용인, 부평, 수안보 이렇게 세 군데에 경찰군
악대가 있었다. 나는 그중 용인경찰악대로 시험을 보았
다. 그곳은 전국에서 유일하게 오케스트라가 있는 곳이었
다. 경쟁률이 셌고 무엇보다 현악기 하는 사람들의 실력
이 장난이 아니었다. 우리 부대는 경찰대 안에 있었는데
당시 나는 시험 장소를 찾지 못해 겨우 물어물어 시험장
에 도착했다. 대기실에서 기다리고 있는데 누가 내 이름
을 불렀다. 고등학교 캠프에서 만났던 요안이었다.

"석환아!"
"아, 요안아."
"너도 오늘 여기서 시험 봐?"
"응, 너도?"
"응, 우리 같이 붙어서 군 생활 같이 하면
좋겠다."

시험곡은 〈모차르트 클라리넷 협주곡 가장조 K. 622(Mozart
Clarinet Concerto in A major K. 622)〉 1악장이었고 초견곡 시험
을 봤는데 그다지 어렵지 않았다. 시험이 끝나고 요안이와

나중에 꼭 보자며 작별 인사를 하고 나오는데 당시 제대를 얼마 남기지 않은 학교 선배와 마주쳤다. 선배는 경찰군악대에 들어오면 진짜 좋다며 한참 이런저런 이야기를 해 주었다. 집으로 돌아왔지만 내가 군대 시험을 봤다는 실감이 나지 않았다. 그래도 3개월 뒤에 입대라고 하니 그동안 레슨도 하고 여행도 다녀올 계획을 세우고 있었다. 그런데 시험을 친 지 일주일 되던 어느 날 편지 한 통이 날아왔다.

'문석환 님. 합격하신 것을 진심으로 축하드립니다. 입대 날짜 12월 29일. 훈련소 55사단. 죄송한 말씀을 전합니다. 인원이 부족하여 부득이하게 입대가 빨라졌음을 송구하게 생각합니다.'

'오 마이 갓!!!'

시험을 본 지 한 달도 되지 않아 갑자기 입대를 하게 된 것이었다. 내 인생은 왜 이렇게 꼬이는 걸까? 합격 통지를 받은 후 나는 연습도 거의 하지 않고 방황하기 시작했다.

시간이 어쩌나 빨리 흐르는지 눈 깜짝할 사이에 입대날이 닥쳤다.

입대 전날 친구들과 못 먹는 술을 엄청 마셨다. 다음 날 눈을 떠 보니 출발 30분 전이었다. '이제 꼼짝없이 입대해야 하는구나….' 생각하며 부모님과 함께 훈련소로 향했다. 훈련소 역시 용인에 위치한 55사단이었다. 부대 앞에 도착해서 인근 식당에서 밥을 먹는데 밥이 넘어가지 않았다. 훈련소로 들어가기가 너무나 싫었다. 부대 앞에서 부모님과 작별 인사를 하는데 어머니께서 눈물을 보이셨다.

"엄마, 너무 걱정하지 마세요. 잘하고 올게요." 하고 부대로 들어갔다. 한 교관이 부모님께 웃으며 말했다.

"아드님 걱정은 마십시오. 저희가 잘 교육시키고 몸 건강히 집으로 보내겠습니다. 조심히 들어가십시오!" 그 교관은 그러곤 내 귀에다 귓속말로 "너 지금 걷냐? 당장 오리걸음으로 들어가!" 하고 말했다.

나와 동기들은 오리걸음으로 연병장까지 들어갔다. 그렇게 2년 2개월의 군 생활이 시작되었다.

**24화**

# 페르마타(Fermata)_늘임표 2: 군대 시절(1997년)

- 1997년 12월 훈련소 배치
- 1998년 1월 수안보 경찰학교 훈련
- 1998년 2월 자대 배치

　나는 경찰군악대로 입대했지만 한 달 동안은 일반 군대와 마찬가지로 사격, 화생방, 유격, 행군 등 기본 훈련을 받아야 했다. 기본 훈련을 받고 나면 수안보에 있는 경찰학교에 가서 다시 한 달 동안 경찰 교육을 받고 자대에 배치되었다.

　훈련소 첫날. 전날까지 집에 있다가 낯선 곳에 오니 너무 답답하고 적응이 되지 않았다. 우리는 줄을 선 후 각자 내무반을 배정받고 들어갔다. 당시 내무반 동기들은 모두 열 명이었는데 다들 나보다 나이가 어렸다. 서로 자기소개를 하고 앞으로 잘 지내보자는 이야기를 나눈 후 취침을 했다.

다음 날, 기상나팔 소리가 들리는데 아무도 일어나지 못했다.

"다들 기상!!!" 교관이 들어와 소리치자 그제야 모두 일어나기 시작했다. 이불을 개고 있을 때 방송에서 나오던 노래를 아직도 잊지 못한다. 김경호의 〈나를 슬프게 하는 사람들〉. 도대체 첫날부터 왜 이런 노래를 틀어 주는 건지. 지금 생각해 보면 아마도 우리를 놀리려는 장난이 아니었을까 한다. 나는 머릿속으로 얼른 제대하고 싶다는 생각밖에 나지 않았다.

훈련소 생활을 하면서 있었던 재미난 에피소드가 하나 있다. 사격 훈련을 할 때의 일이었다. 총을 처음 접한 나는 조금 긴장되긴 했지만 호기심으로 가득했다. 사격장에서 훈련을 대기하고 있는데 교관 한 분이 "사격 일등한테는 집에 전화를 할 수 있는 기회를 주겠다." 하셨다. 우리는 모두 의욕이 활활 타오르기 시작했다. 나 역시 꼭 일등을 해서 집에 전화를 하겠다는 욕심이 생겼다. 어쩐 일인지 사격을 하는데 과녁이 엄청 또렷하게 보였다. 총도 너무나 잘 쏴지는 기분이었다. 그렇게 신나게 열 발을 쏘고 과녁판을 확인하러 갔다.

'어, 왜 두 발뿐이지?'

내 과녁판에는 총알구멍이 두 개밖에 없었다. 나머지는 어디로 간 건지 두리번거리고 있는데 옆 동기 과녁에 열여덟 발이 박혀 있었다. 전화는커녕 그날 나는 얼차려만 실컷 받았다.

화생방 훈련 때는 당일 폭설이 와서 훈련장 입구 문이 막혀 버렸다. 교관이 우리에게 빗자루를 나눠 주며, "자, 여기 눈 다 쓸어라. 시간 관계상 너희들은 화생방 훈련을 하지 않는다."라고 했다. 우리는 너무 기쁜 나머지 소리를 지르며 눈을 치우고 신나게 눈싸움을 했다.

그렇게 한 달간의 훈련소 생활을 마치고 수안보로 향

했다. 수안보에 도착해 보니 훈련소보다는 훨씬 부드러운 분위기였다. 그곳에서 우리는 데모 진압, 교통 수신호, 여러 가지 이론 등을 배웠다. 그중 데모 진압 훈련이 특히 힘들었다. 동작 하나하나가 체력을 많이 요해서 그런지 겨울인데도 땀이 줄줄 흘렀다. 교통 수신호도 외워야 할 동작들이 많고 까다로웠다. 수안보에도 군악대가 있었는데 고맙게도 거기 이미 가 있던 대학 선배와 동기가 있어 나를 많이 챙겨 주고 신경 써 주었다.

그렇게 수안보에서의 교육도 마치고 드디어 용인에 있는 자대로 가는 날이 되었다. 나는 두 달 동안이나 악기를 만지지 못했다는 생각에 걱정이 앞섰다.

"용인 경찰교향악단 입대하시는 분들은 이쪽으로 오세요."

나를 포함해 총 다섯 명이 봉고차를 타고 자대로 이동했다. 우리는 차 안에서 아무 말도 하지 않고 창밖만 바라보았다. 그렇게 몇 시간을 이동해서 자대에 도착했다.

자대에 도착 후 내가 배정된 생활실에 들어가니 고참들이 반겨 주었다. 경찰군악대는 일반 부대와 달리 사회에서 만날 확률이 크기 때문에 무서운 고참이 있긴 하지만 심하게 장난치거나 괴롭히지는 않는다. 자대 배치 다음날. 제대를 몇 개월 남기지 않은 고참이 나를 불렀다.

"문석환, 너 바로 오케스트라에 들어가야 해."
"……."
"지금 집에 전화해서 부모님께 악기 가져
오시라고 해."
"알겠습니다."

나는 오랜만에 집에 전화하고도 고참이 지켜보고 있는 바람에 악기 가져다 달라는 말 한 마디밖에 못하고 전화를 끊었다. 그렇게 어머니가 가져다주신 악기를 받은 후 신병임에도 불구하고 바로 오케스트라 연습을 하게 되었다. 두 달 만에 만져 보는 악기가 무척 낯설었다. 내가 오케스트라에 들어가서 했던 첫 곡이 림스키 코르사코프(Rimsky Korsakov)의 〈세헤라자데(Scheherazade op. 35)〉라는 곡이었다. 당시가 2월이었는데 4월에 예술의 전당 교향악 축제 때 우리 부대가 초청 연주를 해야 한다고 했다.

연주가 끝나면 2박 3일 포상 휴가를 준다고 했다. 만약 실수하면 휴가도 없다고 해서 바짝 긴장을 하고 연습을 했다. 〈세헤라자데(Scheherazade op. 35)〉는 특히 클라리넷 솔로가 많이 나와 연습을 많이 해야 했지만 막내 신분이던 나는 늘 연습할 시간이 부족했다. 그렇게 연주 연습을 하며 두 달 정도 지내고 있을 때 후임이 들어왔다. 나랑 동갑이었고 트럼펫을 하는 K이라는 친구였는데 그 K도 신병인데 오케스트라에 들어왔다.

연주 당일. 사복과 연미복을 챙긴 후 경찰복을 입고 행사장으로 향했다. 그렇게 한 시간 가량 버스를 타고 이동해 예술의 전당에 도착했다. 오후 3시경 리허설이 시작되었다. 당시 지휘자님은 군악대 대장이셨는데 리허설 때 너무 맞지 않았다. 계속 끊기는가 하면 현악기와 관악기가 따로 놀았다. 지휘자 대장님을 보면서 연주하면 전혀 맞지 않았다.

그때 바이올린 악장이던 고참이, "지휘자 대장님 보지 말고 나를 보고 연주해."라고 했다. 고참이 계속 사인을 주면서 리허설을 진행했다. 악장을 보면서 연주를 하니 박자 따라가기가 훨씬 수월했다. 나는 속으로 '이러다 외박 잘리는 거 아니야?' 하는 생각을 했다. 당시 공연은 7시 반이었는데 관객들이 엄청나게 많이 왔었다. 우리는 잔뜩 긴장한 채로 대기실에서 대기하고 있었다. 그때 악장이 우리에게 오더니 다시 한번 연주하다가 잘 맞지 않으면 본인을 보라고 했다.

공연이 시작되었다. 메인곡인 〈세헤라자데(Scheherazade op. 35)〉 연주가 시작되었다. 처음에는 잘 나갔는데 점점 템포가 빨라졌다. 급기야 평소 연습하던 속도의 두 배가 되었다. '이거 큰일 났다.' 속으로 생각하는 순간 악장과 눈이 마주쳤다. 그때부터 나는 지휘는 안 보고 악장만 바라보았다. 그렇게 우리는 무사히 연주를 마쳤다.

'휘유….'

"잘했어, 앞으로도 지휘 보지 말고 나를 보
고 연주해."

"네…."


사실 그때까지만 해도 나는 상황 파악이 안 되었다. 대
장님이 컨디션이 안 좋으셔서 템포가 빨라졌다고만 생각
했다. 하지만 시간이 지나면서 왜 악장이 지휘를 보지 말
고 자기 사인을 보라고 했는지 점점 이해하게 되었다.

**25화**

# 페르마타(Fermata)_늘임표 3:
# 군대 시절(1998-2000년)

<u>• 1998년 4월 첫 휴가</u>

첫 휴가. 나는 부모님의 엄청난 환대를 받으며 매일 진수성찬을 배 터지게 먹었다. 사실 나는 먹성이 그렇게 좋은 편은 아닌데 그때는 진짜 매끼마다 과식을 했다. 휴가 기간 동안 마침 97학번 후배가 98학번 신입생들을 소개시켜 준다고 해서 학교로 갔다. 남자 신입생 두 명이 앉아 있었는데 한 명이 낯이 익었다. 알고 보니 고등학교 캠프에서 만났던 동생 순형이었다. 휴가 기간 동안 시간이 어쩜 그리 빨리 지나가는지 정말 눈 깜짝할 사이에 일주일이 지나고 복귀날이 되었다.

우리 부대는 행사가 정말 많았다. 가장 많았을 때는 하루에 네 개의 행사를 하기도 했다. 아침 8시. 경찰대 학생들이 수업을 들으러 갈 때 줄 맞춰 걷기를 하는 배경 음악 연주를 하고, 11시. 인근 학교에서 간단한 행사를 하고 부대 복귀. 점심을 먹고 오후에 경찰 간부 모임 연주. 마지막으로 7시. 오케스트라 연주. 이렇게 행사를 하고 돌아오면 밤 10시가 훌쩍 넘어 있곤 했다. 항상 이렇게 **빡빡한** 일정은 아니었지만 가끔 이렇게 행사가 몰리면 체력적으로 무척 힘들었다.

아직도 기억나는 에피소드가 하나 있다. 한번은 용인 에버랜드에서 야외 행사가 있었다. 당시 입대한 지는 8개월 정도 되었지만 그때도 거의 막내나 다름없어 군기가 바짝 들어 있었다. 서늘하면서 약간 비바람이 부는 날씨였는데 야외에서 공연을 한다고 하니 왠지 불안했다. 저녁 행사 시간이 되었고 우리 차례가 되어 연주가 시작되었다. 아니나 다를까 연주 시작한 지 얼마 되지 않아 갑자기 센 바람이 불었다. 보면대는 다 쓰러졌고 악보는 하늘로 날아가 버렸다. 당시 엄청 많은 관람객들이 자리를 지키고 있었다.

나는 속으로 '큰일 났다!' 생각했다. 하지만 주위를 둘러

보니 선임들은 아무도 동요하지 않은 채 악보를 보지 않고 연주를 계속하고 있었다. 나 역시 악보를 다 외운 상태라 끝까지 실수하지 않고 연주를 마무리 했다. 연주가 끝났다. 관객들이 모두 일어나 기립박수를 쳐 주었다. 악보가 모두 날아가 버린 상황에서도 당황하지 않고 끝까지 멋진 연주를 한 우리에 대한 찬사였다. 나는 그때 우리 부대가 정말 자랑스럽고 구성원 하나하나의 실력이 진짜 대단하다고 느꼈다.

한번은 말 그대로 연주하다가 진짜 쓰러질 뻔한 적도 있었다. 오케스트라 악보가 새로 나왔는데 나는 그 자리에서 굳어 버렸다. 거쉬인(Gershwin)의 〈랩소디 인 블루(Gershwin, Rhapsody In Blue)〉라는 곡이었는데 글리산도라고 클라리넷에서는 가장 어려운 기법이 그것도 솔로로 나오는 곡이었다. 머릿속이 하얘졌고 연습을 아무리 해도 잘되지 않았다. 그래도 못하겠다고는 할 수 없었다. 나는 시간 날 때마다 그 곡을 연습했다. 그러자 안 되던 부분이 조금씩 되면서 나도 점점 자신이 생기기 시작했다.

그러던 어느 날 그 곡으로 하는 첫 행사에 나가게 되었다. 그런데 글리산도 부분에서 지휘자님이 사인을 안 주시는 것 아닌가? 점점 숨이 막히고 호흡이 끊어질 때쯤 다행히 악장이 사인을 줘서 가까스로 실수 없이 솔로 연주를 마쳤다. 그 연주가 끝나고 나는 이틀 정도 몸져누웠다. 고참들도 아무도 나를 건드리지 않았다. 그 후로 나는 그 곡만 60번 넘게 연주를 하게 된다.

일경 때 기억나는 에피소드가 하나 있다. 오케스트라에는 클라리넷 두 명만 들어갔는데 나와 고참이 들어갔었다. 어느 날 각 파트 오케스트라 콩쿠르를 한다는 공지가 떴다. 3등 안에 들면 2박 3일 특박을 보내 준다고 했다. 당시 곡은 리스트의 〈헝가리안 랩소디(Hungarian Rhapsody)〉라는 곡이었는데 클라리넷 솔로 파트가 많았고 어려운 곡이어서 틈틈이 고참과 함께 연습을 했다. 콩쿠르 당일. 긴장이 많이 되긴 했지만 최선을 다해서 준비했기 때문에 후회는 없었다. 우리 차례가 되고 연주를 시작했는데 무엇보다 호흡이 너무 잘 맞았다. 내가 퍼스트 클라리넷이었고 고참이 세컨드 클라리넷이었는데 고참이 정말 잘 맞춰 주어서 더 편안한 기분으로 연주할 수 있었다. 시험이 끝났다. 우리보다 잘하는 파트들이 워낙 많았기 때문에 우리는 별로 기대를 하지 않았다. 그렇게 생활실로 돌아와 빗자루질을 하고 있는데 방송이 나왔다.

"행정실에서 알려 드립니다. 클라리넷 파트 전부 다 사복으로 환복해 주십시오."
'???'

알고 보니 우리 파트가 3등 안에 들어서 특박을 나갈 수 있게 된 거였다. 당시 클라리넷 파트는 모두 12명 정도였는데 전부 나보다 고참이어서 그날 특박 나갈 때 고참들이 "앞으로 내가 너 군 생활 완전 편하게 해 줄게."라며 기뻐하던 모습들이 기억난다.

그렇게 시간이 흘러 입대한 지 일 년이 흘렀다. 내 밑으로 후임이 두 명 들어오긴 했지만 그나마도 한 명은 신병이었다. 같이 근무하던 고참 중에 고등학교 후배로 나를 많이 챙겨 준 요한이가 있었는데 내가 상경이 되는 날 나를 부르더니, "형, 조금만 더 힘내요. 이제 금방 후임들 많이 들어올 거예요."라고 말해 줬다. 그런데 곧 요한이 말처럼 그 뒤로 많은 후임들이 들어왔다. 내 생활실은 아니었지만 고등학교, 대학교 때 후배들이 들어왔다.

상경 때 소록도로 공연을 갔던 것도 기억에 남는다. 당시 행사가 정말 많았는데 그중에서도 소록도 공연은 특별히 기억에 남아 있다. 관악합주 40인조 행사였다. 소록도에 관해서 이전에 얼핏 듣기는 했지만 우리가 진짜 소록도에서 공연을 하게 될 줄은 생각하지 못했다. 이런 행사는 처음이라 나를 포함해 다들 가기 전부터 걱정하고 긴장하는 모습들이 보였다. 행사 버스를 타고 4시간 넘게 걸려 소록도에 도착했다. 리허설이 끝나고 간단히 식사를 한 후 바로 연주를 시작했다. 일부러 연주곡들을 조금 신나는 곡으로 선정을 했는데 공연장에 온 소록도 환자분들이 같이 즐기면서 춤추는 모습을 보며 나도 모르게 큰 감동을 받았다. 그때 나도 나중에 자주 이런 연주를 하고 싶다는 생각을 하게 되었다.

그리고 제대를 얼마 남기지 않은 어느 날 대학교 후배 한 명이 들어왔다. 지금 용인 수지에서 송바이올린 학원을 운영하고 있는 송재화 원장과 운명적인(?) 만남을 하게 된 것이었다. 전에 휴가 때 모임 자리에서 잠깐 스친 적은 있지만 대화를 나눠 본 적이 없어 사실상 군대에서 만난 것이 첫 만남이라 할 수 있다. 당시에는 25년이 지난 지금 우리가 이렇게 같은 일을 하면서 가까운 사이가 될지 몰랐다.

그렇게 나는 절대 오지 않을 것 같은 제대의 날을 맞았다.

## 26화

# 포코 아 포코(Poco a poco)_조금씩 조금씩 1: 대학교 3학년 복학(2000년)

- 2000년 2월 28일 제대
- 2000년 8월 관악캠프 참가
- 2000년 9월 복학
- 2000년 12월 실기시험

제대하고 집에 와 보니 아무도 없어서 짐을 놓고 살짝 잠이 들었다. 그때 누군가가 초인종을 눌렀다.

"문석환 씨 댁이죠?"

"네, 그런데요."

"군대 영장 나왔습니다."

"영장이요?!! 저 오늘 제대했는데요!?"

"잘은 모르겠고 군대 가서야 한다고 영장이 나왔네요. 내일 입대입니다."

나는 미치고 팔짝 뛰는 줄 알았다. 영문도 모른 채 나는 다시 입대해 첫날밤을 보내고 있었다.

"석환아, 석환아, 일어나…."

알고 보니 꿈이었다. 그렇게 나는 제대 후 며칠 동안이나 다시 입대하는 악몽을 꾸었다. 악기 연습은 거의 하지 않고 그냥 먹고 자고 일어나 다시 먹고 자는 일상을 반복했다. 하루는 갑자기 이렇게 나태하게 놀아서는 안 되겠다는 생각이 들었다. 나는 마음을 다잡고 다시 처음부터 차근차근 연습을 하기 시작했다. 군대에 있을 때 악기 크게 부는 연습을 하고 오랫동안 부는 훈련을 해서 그런지 소리가 편하게 나는 느낌이었다. 나는 그렇게 자신감에 충만한 채로 제대 후 첫 레슨을 받으러 실기 선생님을 찾아갔다.

"석환아, 너 소리가 왜 이래?! 소리가 너무
거칠고 이상한데?"
"……."

"군대에서 연습은 했니?"

"네….."

"연습했는데 왜 이런 거야? 당분간 롱톤하
고 기초 연습만 해야겠다."

"알겠습니다."

예상과 다른 선생님의 반응에 나는 당황했다. '좋은 소
리가 어떤 소리지?' 그렇게 선생님께 혼이 나고 집에 와서
연습을 하려는데 도저히 감이 잡히지 않았다. 내가 군대
가기 전에 어떤 소리를 냈는지 기억이 나지 않았다. 지금
생각해 보면 군대에 있을 때 오케스트라를 하기는 했지만
행군하면서 하는 연주를 많이 했고 소리를 크게 내는 연
습을 많이 해서 소리가 거칠어졌던 것이다.

아무리 연습을 해도 좋아지지 않아서 한두 달 악기를 만
지지 않았다. 나는 뚜렷한 목표 의식 없이 그렇게 무의미
한 하루하루를 보내고 있었다. 그러던 중 Y 교수님이 복학
전 여름 방학에 여는 관악캠프에 참여하라고 연락을 주셨
다. 아직 복학도 하지 않는데 꼭 가야 하나 싶었지만 교

수님이 오라고 하시니 어쩔 수 없이 참가했다. 8월에 일주일간 진행되는 캠프였는데 나는 후배들에게 창피당하고 싶지 않아 한 달 전부터 롱톤, 스케일만 주구장창 연습했다. 서서히 소리가 좋아지고 주법도 안정되기 시작했다.

캠프 장소에 가 보니 졸업을 앞둔 동기 몇몇이 보였고 나머지는 다 모르는 얼굴들이었다. 처음에는 어색했지만 캠프 기간 동안 같이 연습하면서 금세 친해졌다. 캠프 첫날. 자리를 배정했는데 클라리넷이 너무 적어 내가 악장을 맡게 되었다. '복학도 안 했는데 악장이라니!' 나는 무척 부담스러웠지만 어쩔 수 없었다. 그렇게 관악 합주와 개인 연습을 하면서 복학을 준비했다.

2000년 9월. 나는 3학년 2학기로 복학했다. 먼저 2학기 실기시험 곡부터 정했다.

"〈브람스 클라리넷 소나타 1번(Brahms Clarinet Sonata Op. 120 No. 1)〉 1, 4악장 어때?"

선생님은 내게 브람스를 추천하셨다. 브람스는 예전에 잠깐 연습했다가 너무 어려워서 포기한 곡이었다. 표현도 힘들고 어느 정도 연륜이 필요한 곡이었기에 솔직히 잘할 자신이 없었다. 일단 음악을 자세히 듣고 악보를 연구하기 시작했다. 소리에 조금 더 신경을 쓰면서 연습을 했다. 군대시절 고참이었던 피아노과 선배 P가 반주를 해 주었는데 시간 날 때마다 같이 반주 맞추는 연습을 했다.

수업 중 관악 합주는 그런대로 따라갔는데 오케스트라 수업은 너무 힘들었다. 스트라빈스키(I. Stravinsky)의 〈불새(The Firebird)〉는 곡부터가 무척 어려운 곡이었고 연습해야 할 부분도 많았다. 다행히 당시 오케스트라 수업에 같이 들어가는 클라리넷 후배들이 많아 부담이 덜하긴 했지만 내가 잘못하면 창피하다고 생각했기 때문에 더 열심히 연습을 했다.

그렇게 정신없이 지내는 가운데 실기시험 날이 되었다. 나는 실수만 하지 말자는 생각으로 시험장에 들어갔다. 다행히 큰 실수는 없었다. 며칠 뒤 시험 점수가 나왔다.

91점. 생각보다 낮은 점수가 나왔다. 곡이 어렵긴 했지만 그래도 내 예상보다 훨씬 낮은 점수가 나와 많이 실망했다. 그렇게 3학년 2학기를 마무리했다.

## 27화

# 포코 아 포코(Poco a poco)_조금씩 조금씩 2: 대학교 4학년(2001년)

- 2001년 7월 1학기 실기시험
- 2001년 8월 아울로스 목관 5중주 캠프 참가
- 2001년 8월 관악캠프 참가

4학년을 앞둔 겨울 방학. 졸업이 얼마 남지 않은 나는 장래에 대한 고민이 날로 깊어져 가고 있었다. 나는 겨울 방학 동안 하루도 빠짐없이 매일 학교에 나와서 연습을 했다. 하루는 연습을 하고 있는데 97학번 후배가 연습실 문을 열고 들어오더니 나에게 말했다.

"형, 긴장해야겠는데요?"
"왜? 무슨 일 있어?"
"이번에 들어오는 신입생 중에 한 명이 엄청난 클라리넷 실력자래요."
"그래?"

후배가 전한 소식을 듣고서 나는 갑자기 긴장이 되었다. 그래도 명색이 4학년인데 신입생한테 무시당하면 안 된다는 생각에 나는 더 연습에 몰두했다. 그때 후배가 말했던 신입생은 지금도 자주 연락하는 후배 김인호인데 지금은 성남시향에 재직 중이다. 인호와 처음 만나서 연습을 하는데 정말 너무 잘했다. 신입생 수준이 이런데 나만 뒤쳐져 있다는 생각에 마음이 불안했다.

개강을 앞둔 어느 날. 실기 선생님께서 나에게 다시 동아콩쿠르에 나가라고 하셨다. 곡을 들었는데 모두 처음 듣는 곡이었다. 명동에 있는 대한음악사에 가서 1, 2, 3차 곡 악보를 샀다. 보면 볼수록 어려워 보였다.

바로 1차 곡 〈외젠 보차 클라리넷과 피아노를 위한 부콜리끄(E. bozza bucolique for Clarinet and Piano)〉 연습을 시작했다. 한 달 안에 1차 곡을 어느 정도 끝내야겠다는 생각에 아침 7시부터 저녁 11시까지 쉬지 않고 연습했다. 그렇게 4학년이 시작되었고 3월 말쯤에는 1차 곡을 거의 끝내 놓은 상태가 되었다. 2차 곡은 〈브람스 클라리넷 소나타 2번(Brahms, Clarinet Sonatas Op.120 No.2)〉전 악장이었다. 1, 2차 곡 모두 난이도가 높은 곡들이었지만 가장 큰 문제는 본선 곡이었다. 〈장 프랑세, 클라리넷 협주곡(Jean Francaix, Clarinet Concerto)〉전 악장이었는데 현대곡인데다 곡도 길고 테크닉이 이제까지 접해 본 곡들과는 차원이 달랐다.

4학년 첫 학기는 클라리넷 후배들과 진짜 하루 종일 열심히 연습했던 기억이 난다. 아침 7시부터 수업인데 들어가기 전까지 2시간 동안 연습을 하고 각자 수업에 들어간 뒤 밥 먹고 중간에 시간이 날 때마다 연습을 했다. 그리곤 수업을 마치고 다시 밤 10시까지 연습을 하고 집으로 돌아갔다. 서로 부족한 부분을 보완하면서 재미있게 연습을 하다 보니 나도 후배들을 보면서 많이 배울 수 있었고 그 시간들을 통해서 한 단계 성장할 수 있었다.

1학기 실기시험은 동아콩쿠르 1차 곡으로 봤다. 주법이 많이 어려운 곡이었지만 연습을 많이 해서 자신 있었다. 완벽하게 연주하진 못했지만 그래도 꽤 높은 점수를 받았

던 것으로 기억한다. 그렇게 4학년 1학기가 끝나고 여름
방학이 되었다.

졸업이 한 학기밖에 남지 않았다고 생각하니 진로에 대
한 걱정이 더 커졌다. 오케스트라 시험을 봐야 할지, 유학
을 가야 할지 여러 가지 생각들로 잠을 이루지 못했다. 그
러던 차에 관악부 교수님께 전화가 왔다.

"문석환, 나 K 교순데, 너 아울로스 목관 5
중주 캠프 갈 거지?"
"네?"

나는 교수님 말씀을 잘 못 알아들어 다시 여쭤 본 건데
교수님은 바로 전화를 끊으시곤 참석자 명단에 내 이름을
넣으셨다. 아울로스 목관 5중주 캠프라고 실내악 위주로
레슨을 받고 개인 레슨도 받을 수 있는 캠프였다. 지나고
나서 생각해 보면 결과적으로는 잘 간 캠프였지만 출발 당
일에는 정말 끌려가는 기분이었다. 학교 후배들 몇몇이 같
이 갔는데 클라리넷은 나 혼자였다. 캠프에는 서울대, 연

대, 한예종 등에서 잘한다는 사람들이 많이 와 있었다. 당시 우리 목관 5중주 팀은 학교 후배들과 거기서 만난 다른 학교 학생들이 함께 팀을 이루었는데 정말 호흡이 잘 맞았다. 선생님들께도 레슨을 받을 때마다 칭찬을 받았고 우리 팀이 대표로 야외무대에서 연주를 하는 영광도 얻었다.

당시 캠프에서 만난 분들 중에 특히 감사한 분이 있다. 바로 지금은 고인이 되신 이창수 선생님이다. 선생님은 코리안심포니 소속이셨는데 처음 본 나에게 무척 잘해 주셨다. 4학년이라고 하니 너무 걱정하지 말고 지금처럼만 하면 된다고 격려를 해 주셨고 그게 나에게는 큰 힘이 되었다. 당시 이창수 선생님의 제자들도 왔었는데 그중 고등학생 제자가 〈장 프랑세, 클라리넷 협주곡(Jean Francaix, Clarinet Concerto)〉을 완벽하게 소화해 내는 것이 아닌가? 나는 너무 큰 충격을 받고 아무 말도 할 수 없었다. '고등학생이 저 정도인데 나는 그동안 뭐 했나.' 싶었다. 그렇게 캠프의 모든 일정이 끝났다.

또 하나 여름 방학 동안 충격적인 사건이 있었다. 군대 고참이었던 트럼펫을 하던 건희라는 친구가 있었는데 군대 있는 동안 한양대에 합격해서 내 후배로 들어오게 되었다. 군대 있을 때도 내게 너무 잘해 줬고 비록 나보다 한 살 어리긴 했지만 친구처럼 지내는 사이였다. 그해 여름은 무척이나 더웠다. 다들 관악캠프가 취소되었으면 좋겠다는 생각을 했지만 그건 진짜 우리의 희망 사항일 뿐이었다. 안 가면 결석으로 처리가 되었기에 다들 짐을 챙겨 학교로 집합했다. 건희도 중요한 일정이 있었는데 일정을 미루고 캠프에 참가했다고 했다. 막상 캠프가 시작하자 같이 연습도 하고 술도 마시면서 걱정했던 것보다는 즐겁게 캠프 기간을 보내고 있었다. 사건이 있기 전날 건희랑 같이 탁구를 치면서 앞으로 학교생활 재밌게 하자는 얘기를 나누기도 했다.

다음 날이었다. 그해 여름 중 가장 뜨거웠던 날로 기억한다. 몇몇이 모여서 축구를 하자고 제안했다. 나는 이렇게 더운데 무슨 축구냐며 방에 있겠다고 했고 신입생 몇 명은 축구를 하러 나갔다. 건희도 그 무리에 있었다.

"너무 더우니까 나가지 말고 쉬겠다고 해."

"아냐, 이렇게 축구하면서 더 친해질 수 있
으니까 나는 좋아, 형. 걱정 말고 노친네는
방에서 쉬어요."

"그래. 몸조심하고."


그 대화가 건희와의 마지막 대화가 될 줄은 상상도 못
했다. 한참 방에서 쉬고 있는데 후배가 갑자기 뛰어왔다.


"형, 건희 형이 쓰러졌데요."

"뭐라고?!"


사실 그때까지도 상황 파악이 잘되지 않았다. 처음에는
그냥 날씨가 너무 더워서 잠시 쓰러진 것으로만 생각했
다. 그런데 구급차가 오고 건희가 실려 가는 모습을 보니
보통 일이 아닌 것 같았다. 후배 두 명이 병원에 같이 갔고
우리는 숙소에서 소식을 기다렸다. 얼마나 흘렀을까 후배
한테 전화가 걸려 왔다.

"형, 건희 형이 하늘나라로 갔대요."

"……."


　건희한테 너무나 미안했다. 잘 챙겨 주지도 못하고 모든 게 다 내 책임인 것만 같았다. 그날 모든 일정을 취소하고 장례식장으로 갔다. 군대에 있었던 사람들도 와서 어떻게 된 일이냐며 내게 물었다. 나는 아무 말도 못했다. 그렇게 삼일 내내 장례식장을 지키고 집으로 돌아오면서 참 많이 울었다. 그때부터 내 사람은 어떠한 일이 있어도 지켜 주겠다는 다짐을 했다.

## 28화

# 포코 아 포코(Poco a poco)_조금씩 조금씩 3: 대학교 4학년(2001년)

- 2001년 9월 관악합주
- 2001년 9월 실기 우수자 연주회
- 2001년 10월 동아콩쿠르 참가
- 2001년 10월 오케스트라 지방 순회공연
- 2001년 11월 클라리넷 페스티벌
- 2001년 12월 졸업 연주회

4학년 2학기. 졸업을 코앞에 둔 학기였지만 내겐 숨 막히는 일정의 연속이었다. 관악합주, 실기우수자 연주회, 동아콩쿠르, 오케스트라 지방순회연주, 클라리넷 페스티벌, 실기시험, 졸업연주 등등 정말 어떻게 그 일정을 다 소화했는지 눈코 뜰 새 없는 날들이었다. 그냥 실기곡 준비만 해도 시간이 부족할 마당에 그 많은 연주와 행사를 해야 한다니 정말 걱정이 되었다.

먼저 관악합주가 있었다. 〈베르디, 운명의 힘(G. Verdi, La Forza del Destino)〉이라는 곡이었는데 솔로 부분이 많고 워낙 어려운 곡으로 유명한 곡이었다. 연주 전에 걱정을 많이 했지만 관객들의 뜨거운 호응 속에 무사히 연주를 마쳤다.

다음은 실기 우수자 연주회. 나는 관악기 대표로 나가 연주했는데 당시 곡이 1학기 실기시험곡이었던 〈외젠 보차 클라리넷과 피아노를 위한 부콜리끄(E. bozza bucolique for Clarinet and Piano)〉라 자신 있었다. 무대에 올라가니 긴장도 되고 학교 사람들 앞에서 연주를 하자니 부끄럽기도 했다. 약간 실수한 부분도 있긴 했지만 연주가 끝나고 관객들이 기립박수를 쳐 주었다. 너무 기분이 좋았다. 그날 연주를 마치고 옷도 갈아입지 못한 채 오케스트라 연습에 들어갔다. 그렇게 3시간 정도 연습을 하고 또 작곡과 졸업 연주 연습에 들어갔다. 그날 12시가 넘어 집에 들어갔던 기억이 난다.

나는 그렇게 정신없는 일정을 소화하느라 정작 동아콩

쿠르 준비를 거의 하지 못했다. 물론 연습하는 과정이 결과보다 중요하다고 생각하긴 했지만 그래도 이번만큼은 좋은 결과를 내고 싶었다. 그런데 콩쿠를 1차 시험날. 다시 손목에 통증이 왔다. 나는 잠깐 포기할까 하는 생각을 했지만 결과가 좋지 않더라도 끝까지 하자고 생각하며 붕대를 감고 시험을 봤다. 연주를 할 때는 손목이 괜찮았지만 여러 번 실수를 했다. 그리고 1차에서 탈락했다. 나는 오히려 홀가분한 기분이 들었다.

다음으로 오케스트라 지방 순회공연 출발 당일 학교에서 아침 8시에 집합을 해야 했다. 집이 먼 후배 몇 명과 우리 집에 모여서 같이 자고 학교로 향했다. 가장 기억에 남는 곳은 부산이었다. 군 면제로 나보다 먼저 졸업한 후배 원준이가 부산에 있었는데 연주가 끝나고 뻥 뚫린 바다를 보며 술 한잔했던 게 아직도 생생하다. 4개 도시를 5박 6일의 일정으로 소화하는 거라 거의 쉴 수 없는 강행군이었지만 다행히 순회공연은 무사히 마무리 되었다.

그리고 며칠 뒤. 클라리넷 페스티벌 연주회가 예술의

전당에서 열렸다. 그야말로 클라리넷 하는 학생 대부분이 참여하는 큰 행사였다. 나는 그곳에서 지금까지 이어지는 소중한 인연인 지환이를 만났다. 당시 공연 전에 다 같이 모여 두 번 정도 연습을 했었는데 첫 연습날 가 보니 고등학교, 대학교 친구 후배들이 많이 보였다. 첫날 고등학교 후배 U가 내게 소개시켜 줄 동생이 있다고 했다.

"김지환이라고 합니다."
"네, 반가워요, 나는 문석환이라고 해요. 공연 끝나고 시간 괜찮으면 같이 식사해요."
"네."

그렇게 처음 만난 후 공연날이 되었다. 나는 원래 세컨드였는데 당일 갑자기 퍼스트로 파트가 바뀌었다. 거의 초견인지라 연주할 때 몇 번이나 틀렸다. 정신없이 공연을 끝내고 지환이를 찾았다. 그런데 아무리 찾아도 지환이는 보이지 않았다. 나는 '내가 불편한가 보네…' 생각하고 말았다. 당시에는 내가 나중에 지환이를 가르치고 또 학원을 시작하고 나서 지환이가 나를 많이 도와줄 인연이라는 것을 전혀 몰랐다.


　마지막 졸업 연주. 〈장 프랑세, 클라리넷 협주곡(Jean Francaix, Clarinet Concerto)〉 1, 4악장을 선택한 나는 악보 외우는 것도 문제였지만 손가락 돌리는 것이 더 시급했다. 연습을 아무리 많이 해도 연주할 때마다 한두 번씩 실수를 했다. 곡을 바꿀까 하는 생각도 했지만 이미 너무 늦어 버렸다. 수업이 거의 없었기 때문에 나는 학교 연습실에서 아침부터 밤까지 연습을 하곤 했다. 졸업 연주 당일. 나는 잔뜩 긴장했다. 밥도 넘어가지 않았고 배도 아파왔다. 다른 연주와는 부담의 차원이 달랐다. 그렇게 연주가 시작되었다. 상당히 긴 곡이었는데 실수를 조금 하긴 했지만 다행히 끊기지는 않았다.


　"문석환, 아까 무슨 곡이야? 엄청 어려워 보이던데, 언제 그렇게 연습했어?"


　연주를 무사히 마치고 나오는데 K 교수님이 나를 불러 칭찬해 주셨다. 나는 속으로 '아…. 통과는 하겠구나.' 생각하면서 기분 좋게 뒤풀이 장소로 향했다.

그렇게 4학년이 끝났다.

# 3막

독일 유학 시절

## 29화

# 오버 더 레인보우(Over The Rainbow):
# 졸업 후

• 2002년 4월 횡계 여행

졸업을 앞두고 있었지만 나는 진로를 결정하지 못하고 있었다. 오케스트라 생각도 있었지만 자리가 나지 않으면 시험을 볼 기회조차 없고 자리가 날 때까지 무작정 기다려야 했다. 그때 마침 대학 생활 동안 나에게 큰 힘이 되어 주었던 종현이 형이 나를 찾았다.

"석환아, 너 내가 나가는 오케스트라에서
같이 연주할래?"
"저야 좋죠!"
"정식 단원은 아니지만 연주자가 부족할
때 엑스트라로 연주해 주면 돼."
"고마워요, 형."

나는 종현이 형이 나를 챙겨 주는 마음이 고마웠다. 졸업을 앞두고 방황하고 있던 차에 종현이 형과 함께 연주를 다니면서 조금씩 마음이 편해졌다. 하지만 연주가 있을 때보다 없을 때가 더 많았고 레슨은 전혀 하고 있지 않을 때라 늘 마음이 불안했다. 뚜렷한 목표가 없으니 연주도 잘되지 않았다.

그 무렵 실기 선생님 연주회에서 우연히 지환이를 다시 만났다. 연주회가 끝나고 뒤풀이에서 다 같이 한잔하고 각자 집으로 가는데 버스에 오른 지환이가 계속해서 나를 쳐다보는 게 보였다. 나는 지환이가 뭔가 아쉬운가 싶어 버스에서 내리라고 손짓을 했다. 그러자 지환이는 마치 기다렸다는 듯 잽싸게 버스에서 내렸다. 그날 우리 둘은 의기투합해서 밤새도록 술을 마셨다. 당시 지환이는 대학교 입시 준비 중이었다.

"지환아, 내가 너 좀 봐줄까?"
"진짜요?!!"
"응, 괜찮으면 내일부터 우리 학교에 와서

연습해."

"고마워요, 형!"

사실 내가 지환이를 가르친다고는 했지만 지환이를 가르치는 과정은 방황하던 내가 마음을 다잡는 데 큰 도움이 되었다. 그렇게 다음 날부터 우리는 매일 학교에서 레슨을 했다. 레슨과 연습, 레슨과 연습을 반복하며 몇 개월을 보냈다.

그러던 어느 날 아침에 일어났는데 오른손이 움직이지 않았다. 나는 '잠을 잘못 잤나?' 하면서 왼손으로 마사지를 하는데 그래도 감각이 돌아오지 않았다. 놀란 나는 다시 찜질을 했지만 손은 여전히 감각이 없는 채 하얗게 질려 있었다. 세게 꼬집어도 느낌이 없었고 팔을 움직일 수도 없었다.

"손의 문제가 아니라 목 디스크 증세가 있는 것 같은데…."

한의원을 찾아간 나는 원장님으로부터 생각지도 못한 목 디스크 얘기를 들었다. 그 길로 다시 원장님이 추천해 주신 재활센터를 찾았고 CT를 찍고 검사 결과를 기다렸다. 의사 선생님은 CT 사진을 보여 주며 목 쪽 6번과 7번 신경이 많이 휘어져 있어서 손목으로 타고 오는 것 같다고 했다. 6개월 정도 재활을 받으면서 경과를 보자고 했다. 그리고 당분간 악기는 쉬라고 했다. 청천벽력과 같은 소식이었다. 나는 알겠다고 대답을 하고 나왔다. 하지만 오케스트라 연습도 해야 하고 레슨도 해야 했기에 정말 악기를 멈출 수 없는 상황이었다.

고등학교 6년 후배인 지남이와의 인연도 그 때 맺었다. 손 문제로 힘든 시기였지만 지금 생각해 보면 지환이, 희종이, 지남이, 동일이 등 지금까지 절친으로 지내고 있는 동생들과 만날 수 있었던 소중한 시간이었다. 당시 지남이는 음악이 아닌 다른 쪽으로 진로를 결정했는데 실기시험에 특기가 하나 있어야 했다. 지남이는 내게 클라리넷을 배우기 위해 아는 분을 통해 연락을 했다. 나는 지남이에게 3개월 동안 〈오버 더 레인보우(Over The Rainbow)〉

한 곡만 주구장창 연습시켰다. 그것도 제일 앞 여덟 마디만 집중해서 연습시켰다. 지남이는 우리 집에서 레슨을 했는데 레슨이 끝나면 항상 호프집에서 서로의 고민이야기를 하며 일과를 마무리하곤 했다. 그 때 지남이의 소개로 역시 고등학교 후배인 동일이도 만나게 된다.

손 문제가 해결되지 않았던 때라 답답한 마음에 나는 원래 없던 말수가 더 줄어들었다. 내 개인 문제로 입시생이던 지환이에게 신경을 못 써 주고 있던 차에 클라리넷을 그만두겠다는 얘기를 들었다. 나는 너무 미안한 마음에 같이 여행을 가자고 제안했다. 지환이도 선뜻 내 제안에 응했다. 그렇게 나와 지환이는 강원도 횡계로 2박 3일 여행을 떠났다. 횡계에 도착했는데 지환이가 친한 후배를 불러도 되냐고 했다. 나는 좋다고 했고 그렇게 희종이와도 알게 되었다. 원래 2박 3일 계획으로 간 여행이었지만 우리는 일주일 정도를 셋이서 함께 돌아다녔다. 동생들과 즐겁게 여행을 하면서 힐링이 되었는지 손이 조금씩 돌아오는 게 느껴졌다. 그렇게 횡계 여행에서 돌아왔다.

**30화**

# 다 카포(Da capo)_처음부터 1:
# 독일 유학(2002년)

- 2002년 5월 서울심포니 오케스트라 입단
- 2002년 12월 슈투트가르트 도착

집으로 돌아왔다. 다시 연습을 해 보니 좀 나아진 것 같았다. 그러나 그것도 잠시뿐. 다시 통증이 느껴졌다. 그 와중에 K 선배의 추천으로 서울심포니 오케스트라에 합류하게 되었다. 연주가 많아 거의 매일 출근했는데 일주일에 두 번 정도 연주가 있었다. 손 상태가 다행히 오케스트라 생활을 하는 데 큰 무리가 갈 정도는 아니었지만 병원 치료와 연습을 병행하면서 나는 늘 불안한 상태였다.

몇 개월 동안 치료를 했지만 아무런 차도가 없었다. 병원비도 점점 부담이 되었다. 당시에는 부모님이 걱정하실까 봐 말씀드리지 않았는데 지금 생각해 보면 그때 솔직히 말씀드렸으면 더 좋았을 거란 생각이 든다. 나는 클라리넷이 너무 좋았지만 손이 그렇게 되고 나니 속수무책이었다. 잠시 다른 일을 해 볼까 생각을 하기도 했지만 악기만 해 온 나는 무슨 일을 하는 게 좋은지 알 수 없었다. 지금도 그렇지만 자문을 구할 친구나 선배도 없었다. 나는 그렇게 막막하고 답답한 시간들을 견디고 있었다.

그러던 어느 날 독일에 신경치료로 유명한 병원이 있다는 얘기를 듣게 되었다. 나는 곧장 수소문을 하기 시작했다. 하지만 정확한 병원의 위치를 아는 사람이 아무도 없었다. 당시에는 아직 인터넷이 발달하지 않아 관련 정보를 찾는 것이 쉽지 않았다. 나는 그냥 아픈 채로 이렇게 살아야 할지 아니면 한국에서의 모든 것을 정리하고 독일로 가서 치료를 받을지 결정해야 했다. 고민 끝에 나는 후자를 선택했다.

당시 슈투트가르트 음대에 같은 실기 선생님 제자인 민조 형이 재학 중이었다. 어머니 친구분 아들 I가 같은 학교에 다니고 있었다. 나는 그래도 지인이 있는 학교로 가는 것이 좋을 것 같아 민조 형에게 대략적인 내 상황을 설명

하는 이메일을 보내고 바로 독일로 향했다. 당시 가족들, 친구들 모두가 내 독일행을 말렸다. 누군가는 나에게 그때의 결정을 후회하지 않느냐고 묻기도 한다. 나 역시 가끔 그때 다른 결정을 했다면 어땠을까 생각해 본 적은 있지만 그래도 후회하지는 않는다. 내가 그때 독일에 가지 않았더라면 평생을 후회하면서 살았을지도 모르기 때문이다.

독일에 도착했다. 민조 형이 마중 나오기로 했는데 서로 한국 시간과 독일 시간을 착각한 나머지 형이 나오지 않았다. 나는 택시를 타고 학교 기숙사로 향했다. 기숙사는 다른 룸메이트 3명과 거실을 공유하고 각자 자기 방을 쓰는 시스템이었다. 기숙사에 도착해서 짐을 풀려고 가방을 내려놓는 순간 나는 심장이 멎는 줄 알았다. 가방 밑이 찢어져 있었던 것이다. 한국에서 찾아온 현금 봉투 중 하나가 사라져 있었다. 가슴이 서늘했다.

다음 날. 나는 일단 나머지 현금을 입금하러 은행을 찾았다. 독일어를 못하던 나는 손짓 발짓으로 겨우 은행 계좌를 만들고 현지에 있는 어학원을 찾아가 등록을 했다. 어학원 등록을 마친 후에 겨우 숨을 돌리고 학교 구경을 했다. I에게 부탁해서 인터넷을 사용할 수 있는 곳을 찾았다. 나는 인터넷으로 손 치료를 받을 병원을 찾기 위해 다시 여기저기 정보를 찾기 시작했다.

그러던 중 쾰른 쪽에 한국인이 하는 병원이 있는데 신경치료 쪽으로 유명하다는 정보를 찾게 되었다. 슈투트가르트에서 3시간 정도 되는 도시였다. 이미 슈투트가르트에 자리를 잡은 나는 다시 다른 도시로 옮길 엄두가 나지 않았다. 더구나 아는 사람 하나 없는 쾰른에 혼자 가려니 두려운 마음도 있었다. 그때 우연인지 필연인지 군대 고참이던 친한 동생 주영이가 뒤셀도르프에 있다는 소식을 듣게 되었다. 나는 그 동생에게 메일을 보내 내 사정을 설명했다. 며칠 뒤. 주영이에게 전화가 왔다.

"형, 이쪽으로 와요. 여기 한국 유학생들도
많고 쾰른하고도 가까워서 다니기 괜찮을
거야."

"진짜?! 그런데 집은 어떻게 하지?"

"당분간 우리 집에서 지내도 돼요."

나는 그렇게 한 달 남짓했던 슈투트가르트 생활을 정리하고 뒤셀도르프로 이동했다. 뒤셀도르프는 슈투트가르트와는 사뭇 다른 느낌이었다. 기차역에 도착하니 주영이가 마중 나와 있었다. 주영이의 숙소에 도착한 나는 곧장 잠이 들었다. 다음 날 아침. 일어나자마자 쾰른의 병원을 예약하고 바로 쾰른으로 향했다. 병원은 쾰른역에서 다시 30분 정도 들어가야 하는 곳에 있었다. 그렇게 어렵게 찾아간 병원이었지만 막상 도착하니 너무 긴장되고 떨렸다. 치료받고 나을 수 있을 거라는 기대도 되고, 또 걱정도 되었다. 드디어 내 순서가 되었다. 나는 진료실 문을 두드리고 안으로 들어갔다.

## 31화

# 다 카포(Da capo)_처음부터 2:
# 독일 유학(2003년)

• 2003년 2월 병원 첫 진료

진료실에 들어가니 인자하게 생긴 의사 선생님이 반갑게 나를 맞아 주셨다. 나중에도 가끔 연락드렸던 지금은 고인이 되신 김세연 선생님이다. 선생님은 내 손을 보시더니 착잡한 표정으로 말씀하셨다.

"석환 학생, 아버지 무슨 일 하시지?"

나는 선생님이 왜 이런 질문을 하시는지 영문을 모른 채 대답했다.

"네? 아버지 회사원이세요. ○○회사요."

"지금이라도 악기 그만두고 아버지 하시는 일을 배워 보는 건 어때? 이 손으로 이제까지 악기를 했다는 것 자체가 놀랍네."

"… 네?! 제 손이 어떤데요?"

"어렸을 적에 손목 다친 적 있지? 보니까 손
목에 유리로 찍힌 상처가 있던데…. 유리
파편이 안에서 신경을 누르고 있어."

"……."

"이 정도면 엄청 아팠을 텐데…. 군대도 면
제받을 수 있을 정도야."

이제까지 목 디스크인 줄로만 알았던 나는 엄청난 충격
을 받았다. 그리고 불현듯 어렸을 때 기억이 났다. 초등학
교 3학년 때 담임 선생님께 맞았던 그날 교실에 있던 어항
이 깨졌다. 그리고 나는 어항 유리 파편에 찔려서 피가 엄
청 났었다. 내가 그 얘기를 하자 선생님은 그게 원인인 것
같다고 말씀하셨다. 순간 머릿속이 하얘지면서 아무 생각
이 나지 않았다.

"치료는 불가능해. 수술은 더 힘들고. 그냥
한국으로 돌아가도록 해. 이 손으로 계속
악기 연주하다가는 영영 손을 못 쓸 수도
있어."

나는 이대로 한국에 돌아갈 수는 없다고 생각하고 선생
님께 간청드렸다.

　　"선생님…. 제발 한 번만 치료받게 해 주세
　　요…."

　　"……."

　　"부탁드립니다."

　　"…… 많이 아플 거다. 그래도 괜찮겠어?
　　그리고 치료받는다 해도 낫는다는 보장은
　　없어. 앞으로도 계속 힘들 거고."

　　"네…. 하지만 만약 지금 이대로 한국에 돌
　　아간다면 저는 평생 후회할 것 같습니다."

　　"그래…. 그럼 어디 같이 치료 한번 해 보자."

　　"감사합니다. 감사합니다. 선생님!"


　나는 그렇게 일주일에 두 번씩 3개월 정도 김세연 선생
님께 치료를 받았다. 선생님께서는 치료비도 받지 않고
나를 돌봐 주셨다. 치료는 엄지손가락으로 온몸을 누르는
신경치료였는데 한 번 받고 나면 온 몸에 멍이 들고 이틀
정도는 몸져누웠다. 선생님은 병원에 갈 때마다 치료가

끝나면 나를 댁으로 데리고 가서 같이 식사를 하면서 지압하는 방법을 알려 주시곤 했다. 나중에 하신 말씀이지만 당시 내 눈빛이 너무 간절해서 한번 치료해 보자고 마음 먹으셨다고 한다. 처음 내 손을 보는 순간 이렇게 망가진 손은 처음 봤다고 생각했다고 말씀하셨다.

선생님의 헌신적인 치료에도 불구하고 차도가 거의 없었다. 독일에서의 생활이 점점 피폐해지기 시작했다. 낯선 독일 땅에서 몸이 성치 않은 동양인이 할 수 있는 일은 없었다. 혹시 기적이 일어나지는 않을까 하는 마음에 한인 교회를 다니며 열심히 기도했지만 기적은커녕 한 전도사에게 사기를 당해 그나마 수중에 있던 돈을 모두 날리고 말았다. 독일에 간 지 반년 째 나는 극심한 우울증에 시달렸다. 삶에 아무런 의욕이 없었다.

그러던 어느 날 한 통의 메일을 받았다. 학교 후배이자 군대 후임인 재화였다. 친구와 여행을 오는데 내가 독일에 있는 것을 알고 얼굴 보러 들르겠다는 내용이었다. 언제 몇 시에 도착하는 기차라고 마중 나와 달라고 써 있었다. 나는 비참한 내 상황을 보여 주기 싫었지만 그래도 한국에서 오는 후배를 보고 싶은 마음이 더 컸기에 기다리겠다고 답장을 썼다.

며칠 뒤. 뒤셀도르프 기차역으로 마중을 갔다. 그런데 기차가 한 시간 정도 연착한다는 방송이 나왔다. 나는 그런가 보다 하고 재화를 기다렸다. 당시에는 핸드폰이 없어서 달리 연락할 방도가 없었고 나 역시 딱히 바쁜 일도 없었기에 무작정 기차가 도착할 때까지 기다렸다. 결국 기차는 두 시간이 넘게 연착을 했다. 출구에서 재화와 재화 친구를 만났다. 나는 오랜만에 후배를 보니 너무 반가웠지만 초라한 내 모습이 너무 부끄러웠다. 집에 도착해서 짐을 풀고 집 근처 라인강 구경을 갔다. 더 많이 보여주고 구경시켜 줘야 했지만 나도 별로 다녀 본 데가 없어 주변만 둘러보고 집으로 돌아왔다. 우리는 집에서 맥주를 마시고 이런저런 이야기를 나누다 잠이 들었다. 이튿날. 재화와 친구는 다음 일정을 위해 일찍 집을 나섰다. 20년이 지난 지금도 재화와 나는 그때 기차가 도착할 때까지 무작정 기다렸던 에피소드를 이야기하곤 한다.

답답하고 우울한 독일 생활이 1년째 접어들었을 때 견디다 못한 나는 어머니께 전화를 걸었다. 모든 사실을 말씀드리고 한국에 돌아갈 티켓을 사 달라고 말씀드릴 작정이었다.

"여보세요, 엄마."

"아들, 잘 지내지? 어디 아픈 데는 없고?"

"네…. 엄마, 그런데."

"왜? 뭔 일 있어?"

"……. 아니에요. 그냥 엄마 목소리 듣고 싶어서 전화 드린 거예요. 아무 일 없으니까 걱정하지 마세요."

"그래…. 학교 입학 준비는 잘되고 있고?"

"네. 학교 붙은 다음에 연락드릴게요."

나는 원래 계획대로 말씀드리지 못하고 거짓말을 할 수밖에 없었다. 어머니 목소리를 듣는 순간 몸이 약하신 어머니가 큰 충격을 받으실까 봐 걱정이 됐기 때문이다. 나는 기도를 드릴 생각으로 교회에 갔다. 나는 거기서 한국 유학생들이 나에 관해 나누는 이야기를 들었다.

"문석환 걔 손 아픈데 여기 유학은 왜 왔데?
바보 아니야?"
"그러게 말이야."

내 뒤에서 이런 이야기들이 오가다니 꽤나 충격적이었다. 나는 화가 났지만 내 현실이 그랬기에 받아들일 수밖에 없었다. 나는 모든 것을 정리하고 한국에 돌아가야겠다고 결심했다. 돌아가는 티켓 값을 마련하기 위해 악기를 팔려고 알아보았다. 이제 연주를 안 할 거니까 악기도 필요 없었다. 그런데 독일은 독일제 클라리넷을 쓰는 경우가 많아 한국인들이 많이 쓰는 프랑스제는 팔리지 않았다. 팔더라도 완전 헐값에 팔아야만 했다. 티켓 값이 없어서 한국에 가지도 못하는 상황이 되었다. 그 와중에 갑자기 뜻밖의 아이디어가 떠올랐다.

**32화**

# 다 카포(Da capo)_처음부터 3:
# 독일 유학(2003-2004년)

- 2004년 3월 아헨(Aachen)대학 입학

'왼손으로 연주할 수 있는 곡을 찾아보자!'

나는 학교 입학시험을 보기로 결심했다. 그리고 그때부터 왼손 위주의 곡들을 찾기 시작했다. 당시 시대별로 한 곡씩을 준비해 고전, 낭만, 현대 총 3곡을 연습해야 했다. 고전과 낭만은 그런로 괜찮은데 문제는 현대곡이었다. 대부분이 테크닉이 좋아야 소화해 낼 수 있는 곡들이라 곡을 찾는 데만도 꽤 오랜 시간이 걸렸다.

그렇게 찾은 곡이 고전은 〈스타미츠, 클라리넷 협주곡 3번(C. Stamitz, Concerto No. 3 in Bb Major)〉 2악장, 낭만은 〈슈만, 로망스 2번 A장조 '꾸밈없이 진심으로(Schumann, Romance No. 2 in A major 'Einfach, innig', Op. 94〉 2악

장, 현대곡은 〈플랑, 클라리넷 소나타(Poulenc, Clarinet Sonata)〉 1악장이었다. 가장 급한 건 현대곡이었다. 오른손 키를 왼손으로 바꾸는 작업에 들어갔다. 다른 연주자라면 두 시간 안에 끝낼 수 있는 곡을 8시간이 넘게 연습해도 끝나지 않았다. 나는 교회에 양해를 구하고 매일 교회 강당에서 연습을 했다.

처음 악보 분석을 4시간 정도 하고 진통제를 먹은 다음 오른손에 붕대를 감고 연습을 했다. 모두들 무모한 도전이라고 했지만 나는 내가 할 수 있는 최선을 다해 보고 그래도 안 되면 미련 없이 클라리넷을 접고 싶었다. 당시 악보 분석을 했던 경험이 나중에 학생들을 가르칠 때 큰 도움이 되었다.

그렇게 연습을 하면서 여러 학교에 원서를 넣었다. 독일은 우리나라와 달리 시험 시간만 겹치지 않으면 최대한 많은 학교에 원서를 낼 수 있는 시스템이었다. 몇몇 학교는 서류 전형에서 떨어지기도 했지만 나는 개의치 않고 시험 볼 수 있는 학교에 집중했다. 나의 마지막 가능성을 시험해 보고 싶었다.

시험을 보게 된 학교는 교수님들의 전화번호를 알아낸 후 전부 전화를 걸었다. 대부분의 교수님들과는 연락이 되지 않았지만 그중 에센(Essen)음대 교수님과 연락이 닿아 레슨을 받을 기회를 얻었다. 내가 있던 뒤셀도르프에서 한 시간 거리에 있는 학교였다. 과연 이 손으로 레슨을 받을 수 있을까? 어렵게 준비한 곡을 들고 첫 레슨을 받는데 정말 너무 좋았다. 레슨을 받는 동안 손의 통증이 전혀 느껴지지 않을 만큼 레슨에 집중했다. 표현이며 소리 내는 방법 등을 배우고 기분 좋게 레슨을 마쳤다. 나는 조금씩 자심감이 생겼다. 하지만 근본적인 문제가 해결되지 않았기에 불안한 마음은 가시지 않았다.

그러던 어느 날 교회에서 앞을 보지 못하는 분들을 위해 연주를 할 기회가 생겼다. 성악하는 누나와 듀엣으로 연주를 했는데 당시 곡이 〈슈베르트, 바위 위의 목동(Schubert, Der Hirt auf dem Felsen D.965 Op.129)〉이라는 곡이었다. 이 곡 역시 테크닉적으로 까다로운 곡이라

왼손으로 옮기는 작업이 무척 힘들었지만 이 곡을 통해 많이 성장할 수 있었다.

입시를 앞두고 손의 통증이 더 악화되었다. 여기서 포기할 수는 없다는 생각을 했지만 정말 하루하루가 고통스러웠다. 하지만 그래도 용기를 내서 한 군데 한 군데 시험을 보기 시작했다. 총 네 군데를 보았는데 학교들이 서로 거리가 있어 시험 보기 전날 인근 숙소에서 자고 다음 날 시험을 보고 다시 이동하는 일정을 계속했다. 어렵게 시험을 마쳤지만 나는 내심 별 기대하지 않았다. 곡 선정에도 한계가 있었고 나보다 우수한 지원자들이 많았기 때문이다. 나는 그냥 내가 할 수 있는 최선을 다한 것에 만족했다. 나는 한국으로 돌아갈 준비를 하고 있었다.

그런데 아헨(Aachen)대학에서 합격 통지가 왔다. 나는 너무나 놀라고 기뻤지만 한편으로 다시 걱정이 되기 시작했다. 이 손으로는 입학을 하더라도 분명 문제가 될 것이었기 때문이다. 나는 우선 집으로 전화를 드렸다.

"엄마, 저 아헨(Aachen)대학에 합격했어요."

"진짜? 우리 아들 님 축하한다. 고생 많았
어. 한국에는 언제 한 번 들어올 거니?"

"일단 한 학기 마치고 들어갈게요."

나는 쾰른에서 신경치료를 해 주셨던 김세연 선생님께
도 전화를 드렸다.

"선생님, 저 기억하세요? 선생님께 손 치료
받았던 문석환입니다."

"그럼, 기억하지. 너 한국이니?"

"아니요. 저 이번에 아헨(Aachen)대학에
붙었어요."

"아, 다른 전공으로?"

"아니요. 클라리넷으로요."

"뭐라고? 어떻게?"

나는 내가 준비하고 연습한 과정을 선생님께 설명드렸
다. 선생님은 대견해하시면서도 일상생활에 지장이 있을

만큼 손 상태가 안 좋아졌을 텐데 왜 말을 듣지 않았냐고 호통을 치셨다. 앞으로 너무 무리하지 말고 학교에 다니라는 말씀도 잊지 않으셨다.

그렇게 합격의 기쁨을 누리는 것도 잠시. 3월에 학기가 시작하고 나자 손 상태는 점점 심각해져서 급기야 물건을 들 수 없을 정도가 되었다. 나는 이제 진짜 한계 상황이 왔다고 생각했다. 나는 나도 할 만큼 했다. 여기서 더 버티다가는 정말 큰일 나겠다는 생각으로 한국에 돌아가기로 결심했다. 부모님께는 사실대로 말씀드리지 못하고 방학이라 들어가는 거라고 말씀드렸다.

## 33화

# 피네(Fine)_마침:
# 귀국(2004년)

- 2004년 7월 귀국
- 2005년 3월 아산필하모니 오케스트라 창단 연주
- 2005년 8월 일본 순회 연주
- 2005년 10월 학원 계약

　한국으로 돌아가는 비행기 안. 나는 앞으로 뭘 먹고 살까 하는 걱정에 한숨도 잘 수 없었다. 나는 귀국해서도 부모님께 손이 아픈 것과 학교를 그만 둔 사실을 말씀드리지 못했다. 혼자 고민하면서 이런저런 정보를 찾아보았다. 대학원을 알아보던 중 예술경영학과라는 게 눈에 띄었다. 나는 아직 젊으니까 다시 공부를 해 보자는 마음에 추계예술대학원 예술경영학과에 원서를 넣었다. 예상했던 것보다 쉽게 합격을 했다. 하지만 당시에 모아 놓은 돈이 전혀 없고 당장 벌이도 막막했기에 부모님께 손을 벌일 수밖에 없었다. 하지만 부모님은 두 분 다 아주 완강하게 반대하셨다.

"예술경영대학? 갑자기 뭔 예술경영이야?"

"저… 악기 그만둘까 해서요."

"뭔 말이야, 갑자기? 너 미쳤어?!"

"……."

"너 지금 독일 학교 방학 중이잖아!"

"……."

평생 해 온 클라리넷을 그만둔다고 하니 부모님이 펄쩍
뛰시는 것도 당연했다. 하지만 나는 차마 손이 아프다는
말을 하지 못했다. 부모님이 지원해 주시지 않으면 학비
를 낼 방법이 없었기에 나는 등록을 포기했다. 그리고 한
달 동안 아무것도 하지 않고 놀았다. 그렇게 시간이 흐르
던 어느 날이었다.

"아들, 너 독일 안 가니?"

"……."

"너, 뭔 일 있는 거야?"

"엄마, 저 사실은 손이 완전히 망가져서 다
시 악기 못 할 것 같아요."

그러곤 그동안 있었던 일을 자세히 설명드렸다. 부모님은 큰 충격을 받으셨지만 겉으로 내색은 하지 않으셨다.

"그럼 여기서 할 수 있는 일을 찾아보자."

"네…."

당시 기억나는 에피소드가 하나 있다. 악기를 그만두면 앞으로 무슨 일을 해야 할지 고민하고 있을 때였다. 추석 때 전주 할머니 댁에 갔다가 친척들 사이에서 내 진로 이야기가 나왔다. 당시 작은 아버지는 성신여대 근처에서 요양병원을 운영하고 계셨다. 작은 아버지는 내 상황을 들으시더니 나더러 병원에서 홍보 일을 맡아 보는 게 어떻겠냐고, 월급은 000만 원 정도 주겠다고 하셨다. 나는 속으로 '나쁘지 않네. 한 번 해 볼까?' 생각하고 있었다. 그런데 갑자기 옆에 있던 아버지가 불같이 화를 내셨다.

"너 내 아들을 뭘로 보는 거야? 뭐? 요양병원 홍보 직원? 이 새끼 너 다시는 형한테 연락하지 마!" 그러곤 우리 가족은 곧장 서울로 올라와 버렸다. 아…. 아버지 나한테 한 번만 물어보시지….

그렇게 무의미한 시간들을 보내고 있던 2004년 말. 한 통의 전화를 받았다.

> "안녕하세요, 문석환 씨죠? 저 S 선생님 소
> 개로 전화하는 L입니다."
> "네. 안녕하세요."
> "요즘 제가 지휘하는 곳이 있는데 같이 연
> 주했으면 해서 연락드리는 거예요."
> "아…. 연락 주셔서 감사하긴 한데, 제가 연
> 주를 잘 못해서요."
> "괜찮아요. 어렵지 않은 곡들로 연주하니
> 까 그래도 같이 했으면 좋겠어요."

나중에 아산필하모닉 오케스트라를 창단한 L 선생님이 었다. 나는 '이 손으로 연주를 할 수 있을까?' 하고 고민을 하긴 했지만 아직 악기에 대한 미련이 남았는지 하겠다고 의사를 전달했다. 그날 이후 L 선생님과 여기저기 연주에 따라다녔다. 연주 단체만 다섯 군데가 넘어 하루하루 무척 바쁘게 보냈다. 하지만 나는 손의 통증 때문에 늘 신경 쓰였고 그 스트레스로 항상 마음이 무거웠다. 손이 그렇게 아픈데도 연주 생활을 놓지 못하는 스스로를 보며 내가 클라리넷을 그리고 음악을 정말 사랑하고 있다는 것을 느낄 수 있었다. 가슴이 먹먹했다. 2005년 3월. 아산필하모니 오케스트라 창단 연주를 마지막으로 나는 다시 혼자로 돌아왔다.

클라리넷으로 할 수 있는 일이 뭐가 있을까? 한참을 혼자 고민하던 나는 갑자기 학원을 하면 어떨까 하는 생각을 했다. 지금에야 클라리넷 학원도 있고 레슨도 활성화된 편이지만 당시에는 클라리넷이라는 악기 자체가 일반인에게는 생소했던 터라 학원을 시작한다는 것이 망설여졌다. 어머니께 말씀드렸더니 역시나 부정적인 반응을 보이셨다. 하지만 나는 내가 클라리넷을 계속 하는 길은 학원밖에 없다는 생각이 들어서 어머니를 설득하기 시작했다.

"6개월만 지켜봐 주세요. 해 보고 안 되면 완전히 다른 일 할게요."

그때가 2005년 여름이었다. 나는 다음 날부터 학원 장소를 물색하러 다녔다. 잠실도 가 보고 반포도 가 보고 여기저기 돌아다녔지만 다들 월세는 비싸고 위치도 별로 좋지 않았다. 여러 군데 돌아다니다가 마지막으로 본 곳이 바로 지금 〈문클라리넷 학원〉이 있는 이곳 반포쇼핑타운이었다. 지금이야 9호선도 생기고 버스 전용 차선도 생겼지만 당시엔 정말 아무것도 없었다. 아파트는 공사 중이었고 상가 건물은 너무 낡아 있었다. 부동산 사장님께 물어보니 이 자리가 5년째 공실이라고 했다. 5년보다 앞에 있었던 사람들도 다들 6개월도 안 되어 망해서 나갔다고 했다. 나는 사장님께 우선 알겠다고 말씀드리고 집으로 돌아왔다. 그렇게 고민하고 있을 때 클라리넷 하는 동생 김민규에게 전화가 왔다.

"형, 나랑 같이 일본 순회 연주 갈래요?"

"일본?"

"네, 프로젝트 오케스트라 단원 모집 중인데, 제가 지휘자님께 형 추천했어요."

"기간은 얼마나 되는데?"

"한 한 달 정도 되요."

나는 어쩌면 나에게 좋은 기회라고 생각했다. 일본에
가서 생각도 정리하고 지금 하고 있는 레슨, 기독실내악
연주 등을 정리하는 핑계도 될 수 있을 것 같았다. 그렇게
시작된 일본 연주 일정은 생각보다 쉽지 않았다. 30일 동
안 29번의 연주를 하는 초강행군이었다. 그래도 몸은 힘
들지만 마음만은 편했다. 어려운 곡들이 아니라 따로 연
습을 할 필요가 없었고 대부분 숙소는 이인실이었지만 가
끔 일인실에 배정을 받으면 혼자 있을 시간이 많아서 좋
았다. 그렇게 한 달 동안의 순회 연주를 마치고 귀국했다.

나는 일본에서 한국에 돌아갔을 때 반포쇼핑타운 자리
가 아직 나가지 않았다면 바로 계약하자고 마음먹고 있었
다. 귀국한 다음 날 나는 부동산을 찾아갔다.

　　"사장님, 지난번에 제가 봤던 자리 나갔나요?"
　　"잠시만요, 아…, 아직 안 나갔네요. 월세도
　　조금 내렸어요."
　　"저 거기 계약할게요."
　　"정말이에요? 거기가 음악학원 하기에는

입지가 별로 안 좋은데."

"그래도 일단 한번 해 보려고요."

"그럼 먼저 다시 가 보시죠."

부동산 사장님은 지금 학원 자리가 터가 안 좋다고 계속해서 강조하셨다. 반포쇼핑타운 4층에 올라가니 옆에 일반 학원도 있고 한의원도 보였다. 문을 여는 순간 모든 게 막막하게 느껴졌다. 자리 기운이 안 좋게 느껴졌고 너무 낡아 보였다. '이래서 다 망해서 나간건가?' 싶은 생각이 들었다. 하지만 내게는 다른 선택지가 없었다.

"계약할게요."

그렇게 나의 연주자 생활이 끝나고 새로운 인생이 시작되었다. 2005년 10월이었다.

**4막**

학원 운영 시절

**34화**

# 아 템포(A tempo)_본래 빠르기로:
# 학원 운영(2005-2007년)

· 2005년 12월 학원 오픈

2005년 연말이었다. 나는 서른을 코앞에 두고 있었다. 막상 계약을 했지만 어머니께 장담했던 6개월을 버틸 수 있을지 자신이 없었다. 나는 인테리어를 하지 않기로 했다. 나갈 때 원상 복구를 해 주고 나가야 했기에 언제든지 바로 넣었다 뺄 수 있는 컨테이너를 제작하기로 했다. 그렇게 컨테이너를 만들어 넣고 다음으로 사업자등록증과 교육청 신고를 알아보았다. 그런데 여기저기 찾아봐도 자세히 나와 있는 곳이 없었다. 나는 할 수 없이 바로 관할 세무서로 찾아갔다. 그곳에서 혼자 한 시간 넘게 끙끙대고서 어렵게 사업자등록을 마쳤다. 그리고 그 사업자등록증을 들고 관할 교육청으로 찾아갔다. 교육청 담당자가 나에게 물었다.

"상호명 어떻게 하실 거예요?"

"네?"

"학원 이름 뭐라고 하실 거냐고요."

학원 이름을 정해야 하는지도 모르고 신고를 하러 갔던 나는 당황할 수밖에 없었다. 나는 잠시 고민하다가 대답했다.

"문클라리넷으로 해 주세요. 괜찮을까요?"

"선생님 성이 문이니까 잘 어울리는 것 같은데요?"

그렇게 즉석해서 '문클라리넷'이라는 상호명을 갖게 되었다. 일단 학원을 차리긴 했지만 나는 그다음에 무엇을 해야 하는지 또 어떻게 해야 하는지 전혀 알지 못했다. 학원생을 모으려면 홍보부터 해야 할 텐데 방법도 모르겠고 인터넷 카페 하나 만들어 놓은 게 전부였다. 신고를 하고 한 달 정도는 허가를 기다리느라 영업을 하지 못했고 12월이 되어서야 정식으로 레슨을 할 수 있었다.

오픈하기 며칠 전. 갑자기 군대에서 막 제대한 지환이 한테서 연락이 왔다.

"형, 나 급히 할 얘기가 있는데 지금 찾아가
도 돼요?"
"무슨 일인데?"
"자세한 건 만나서 얘기할게요."

그렇게 지환이가 전화를 끊은 지 한 시간 만에 우리 집에 왔다. 놀랍게도 지환이는 다시 음대 입시에 도전해 보겠다고 했다.

"너, 악기를 몇 년 동안이나 손 놓고 있었는
데 다시 입시를 본다고?"
"네. 마지막 도전이에요. 열심히 할 테니까
나 좀 도와줘요, 형."
"알았어. 그럼 같이 한번 해 보자."

말은 그렇게 했지만 입시까지 남은 시간이 너무 촉박했

다. 두 달여 만에 입시 준비를 하는 건 너무 힘든 도전이라 생각했다. 그렇게 학원 오픈을 하자마자 지환이 레슨을 하루에 10시간 이상씩 했다. 아직 다른 학생이 없었기에 아침에 3시간 레슨하고 점심을 먹고 오후에 4시간 레슨하고 저녁을 먹고 다시 3시간 레슨을 했다. 정말 혹독하게 연습했다. 나는 레슨비를 받지 않겠다고 했지만 지환이 어머니께서 두 달간 학원 월세를 내 주셨다. 아쉽게도 지환이는 원하는 대학에 합격하지 못했다. 하지만 그 두 달 동안 함께 울고 웃으면서 연습했던 추억이 지금까지 생생하다. 문클라리넷 1번 학원생 김지환. 내 마음속 첫 번째 제자이다.

당시에는 악기사를 정하는 것도 고민이었다. 나는 악기 구입부터 수리까지 학생들이 편할 수 있다면 그걸로 만족이라고 생각했다. 그런데 아무리 찾아도 그런 곳을 찾기가 쉽지 않았다. 지금은 고등학교, 대학교 후배인 은호와 2015년부터 인연이 되어 거래하고 있지만 그때는 좋은 악기사를 찾아야 한다는 것이 항상 마음속의 큰 숙제였다. 내가 고민하던 차에 지환이가 새로 생긴 악기사에 갈 일이 있었는데 사장님이 엄청 친절하다며 추천을 해 주었다. 직접 방문을 해 보니 사장님이 정말 친절하고 편하게 대해 주어서 그곳으로 악기사를 정하고 한동안 거래를 했다.

지환이 입시가 끝나고 나는 학원 홍보를 위해 말 그대로 전쟁터에 뛰어들었다. 먼저 전단지를 만들어 뿌리기 시작했다. 상가 뒤쪽 아파트 게시판을 비롯해서 전봇대, 공중전화부스 등 붙일 수 있는 곳에는 모두 전단지를 붙였다. 전단지가 효과가 있었는지 학생 한두 명이 등록을 했지만 다들 오래 다니지 못하고 금방 그만두었다. 너무 힘들고 재미가 없다고 했다.

'나는 열심히 가르치는데 왜 재미가 없다는 거지?

현타가 왔다. 지금 생각해 보면 학생 수준에 맞게 또 흥미를 가지고 배울 수 있게 가르쳐야 했는데 그때 나는 무조건 하드 트레이닝만 시키면 되는 줄 알고 그렇게 학생들을 가르쳤던 것 같다. 당시 나는 악기 연주는 십수 년 넘게 했지만 가르치는 데는 초보였다. 그렇게 한동안은 문의 전화도, 새로 등록하는 학생도 없었다.

이래선 안 되겠다 싶었던 나는 관리사무실에 사정을 이야기하고 상가 앞에 책상을 펼쳤다. 전단지를 올려놓고 지나가는 행인들에게 홍보를 했다.

"제가 여기 상가에 클라리넷 학원을 오픈했습니다. 많은 관심 부탁드립니다. 연주 한 곡 하겠습니다."

지금 생각해 봐도 그때 어떻게 그런 용기가 났는지 모르겠다. 너무 부끄러웠던 나는 코로나도 아니던 당시 마스크를 쓰고 말했다가 연주할 때만 살짝 마스크를 벗고 연주를 했다. 손도 아프고 누가 알아볼까 걱정도 되었지만 그때 나는 그만큼 절박했다. 그렇게 몇 개월이나 상가 앞에서 연주를 했지만 아무도 관심을 가져주지 않았다. 오히려 너무 시끄럽다는 항의만 받았다. 나는 그런 내 처지가 너무 자존심 상하고 부끄러워 아무와도 연락하지 않으면서 지냈다. 유일하게 지환이와 희종이만이 내 곁에서 함께해 주었다. 힘든 상황이지만 웃고 농담하면서 함께 전단지를 돌려주고 내게 용기를 주었던 지금 생각해도 너무 고마운 동생들이다.

속상한 일도 있었다. 어느 날 대학 동기 S로부터 전화가 왔다.

"너 학원 오픈했다며?"

"응, 어떻게 하다 보니 그렇게 됐어."

"내가 한번 들릴게."

그렇게 전화를 끊은 지 몇 시간 뒤 S가 찾아왔다. S는 학원을 쓱 훑어보더니 얼마를 버느냐, 월세는 얼마냐, 학생은 얼마나 있냐 등등 이것저것 물어보기 시작했다. 그러더니 만 원짜리 한 장을 던져 주면서 이 돈으로 밥 사 먹으라고 하곤 돌아갔다. 학교 다닐 때는 친했던 친구였는데 내게 그런 행동을 하는 것을 보고 무척 자존심이 상했다.

그렇게 학원 오픈 10개월이 다 되어 갔지만 학생은 3명밖에 되지 않았다. 월세도 못 낼 형편이라 나는 멀리 다른 지역으로 방문 레슨을 다니며 겨우 벌이를 하고 있었다. 그렇게 오픈한 지 2년이 다 되었을 때도 학원생이 없던 나는 학원은 거의 비워 두고 인천, 안산, 상계동, 평창동 등등으로 원거리 레슨을 다녔다. 안산에서는 어린이집을 하는 한 원장님 아들 레슨을 했었다. 레슨비를 계속 안 주고 미뤘지만 언젠가 주겠지 하면서 레슨을 계속했다. 그렇게 3개월이 지나고 하루는 레슨을 하러 갔더니 어린이집이 이사를 가고 연락도 되지 않았다. 비참하고 괴로운 마음이었다. 당시에는 학원 월세를 내는 것은 고사하고 생활 자체가 버거웠다. 현금 서비스를 받아 돌려 막는 일이 다반사였다. 이 생활을 언제까지 계속할 수 있을지 끝이 보이지 않았다.

그렇게 힘든 시기에 웃지 못할 에피소드가 또 하나 있다. 하루는 대학 후배이지만 나보다 나이가 많아서 형인 L에게 연락이 왔다.

"석환아, 너 삼성동이지?"

"네."

"내가 아는 분 아들이 영국에서 잠시 귀국했는데 레슨 좀 해 줄 수 있어? 일주일에 세 번."

나는 당연히 할 수 있다고 했다. L형은 원래 레슨비를 선불로 줘야 하는데 학생 부모님이 영국에 계셔서 후불로 준다고 말했다. 나는 그 말만 믿고 두 달 동안 열심히 레슨을 했다. 하지만 결국 레슨비를 한 푼도 받지 못하고 끝이 났다. 제일 힘들던 시기에 믿었던 지인에게 뒤통수를 맞았던 잊지 못할 사건이다.

그렇게 수많은 우여곡절을 겪으며 겨우 버티고 있던 개원 3년 차. 우연히 터닝 포인트가 찾아왔다.

**35화**

# 크레센도(Crecendo)_점점 세게 1: 학원 운영(2008년)

- 2008년 11월 덕원예고 입시

2008년. 학원 오픈 3년차를 맞았다. 학원 운영 상태는 여전히 좋지 않았다. 집에서 부모님도 걱정이 많으셨고 나의 자존감도 점점 낮아졌다. 버티는 것도 여기까지인가 보다 생각하고 있을 때 학원으로 문의 전화 한 통이 걸려왔다.

"여보세요?"

"안녕하세요. 원장님이신가요?"

"네."

"저… 저희 아이가 초등학교 2학년인데요. 클라리넷을 참 좋아해요. 그런데 학교 선생님이 아이보고 재능이 없다고 하지 말라고 하셨어요. 그래서 이게 마지막이라는 심정으로 전화드려요."

"네…."

"저희 집이 서초동인데 혹시 이쪽으로 오셔서 저희 아이 한 번 봐 주실 수 있으세요?"

"알겠습니다."

그렇게 레슨 날짜를 잡고 준영이의 집을 방문했다. 처음 준영이를 만난 그날 준영이는 초등학교 2학년인데도 너무 주눅이 들어 있는 느낌이었다. 풀이 죽은 모습으로 악기를 불고 있는 모습이 너무 안쓰러워 보였다. 그렇게 준영이의 레슨을 시작했다.

"준영아, 지금 너무 잘하고 있어. 그리고 앞으로 지금보다 더 잘할 거고 선생님만 믿고 잘 따라오면 돼."

나는 준영이의 기를 살리고 용기를 북돋아 주기 위해 노력했다. 그렇게 레슨을 한 지 1년 정도 되었을 때 준영이가 학교 오케스트라에 합격했다는 소식을 알려 주었다. 준영이는 거기에 그치지 않고 오케스트라에서 수석도 하고 몇몇 콩쿠르에 나가서 입상도 했다. 내가 가르친 제자가 성장하는 모습을 보니 무척 뿌듯했다. 그런데 준영이를 가르친 계기로 준영이의 어머니께서 내게 학생을 스무 명 가까이나 소개시켜 주신 것이다.

학원을 개원한 후 가장 많은 학생 수였다. 갑자기 학생이 많아지자 정신이 없었지만 기분은 좋았다. 나는 학생 수가 중요한 게 아니라 이 학생들이 금방 그만두지 않고 오래 다닐 수 있게 하는 것이 더 중요하다고 생각했다. 아무리 학생이 많아도 전처럼 한두 달 다니다가 그만둔다면 또 과거로 돌아가는 것과 마찬가지니 말이다. 그래서 생각한 것이 콩쿠르와 정기 연주회였다. 나는 참가하면 상을 주는 콩쿠르 위주로 학생들의 참가를 권유했다. 처음에는 싫다고 거부하던 학생들도 계속 설득을 하니 한 번 해 보겠다고 했다. 처음 도전한 콩쿠르에서 6명이 좋은 성적으로 입상했다.

콩쿠르가 끝나고 한 달쯤 된 2008년 8월이었다. 한 학부모님과 학생이 상담을 왔다.

"중 3인데 클라리넷을 배워 볼까 해서요."

"네…. 예전에 배웠었나요?"

"잠깐 배우긴 했는데 개인 레슨이 아니고 그룹으로 배웠어요."

"네, 취미로 배우려고 하시는 거죠?"

"저, 사실은 전공으로 해 볼까 하는데 괜찮을까요?"

"조금 늦은 것 같기는 한데요."

"한 번 도전해 볼 수 있을까요, 선생님?"

당시 나는 전공생을 가르치려는 생각이 전혀 없었다. 나는 비주류였고 연주 활동도 안하는 사람이라 학생들에게 마이너스가 될 거라는 생각을 했다. 하지만 규정이 어머니의 간곡한 부탁에 일단 해 보자고 승낙을 했다. 규정이는 소리도 곧잘 내고 연습도 열심히 하는 학생이었지만 기초가 많이 부족했다. 하루는 규정이 어머니께서 예고 시험을 볼 수 있겠냐고 물어보았다. 나는 예고 시험은 볼 수 있지만 붙는다는 보장은 어려울 것 같다고 솔직히 말씀드렸다. 그리고 모교인 덕원예고에 도전해 보자고 말씀드렸다.

그렇게 덕원예고 입시를 두 달여 남기고 연습을 시작했다. 당시 규정이가 소화해 낼 수 있는 곡이 〈카를 슈타미츠, 클라리넷 협주곡 3번(C. Stamitz, Concerto No.3 in Bb Major)〉 1악장 정도밖에 없었기 때문에 그 곡만 집중적으로 연습했다. 무모한 도전이긴 했지만 결과는 끝까지 가 봐야 알 수 있다고 생각했기에 정말 최선을 다해 가르쳤다.

드디어 덕원예고 시험날이 되었다. 나는 내가 시험을 보는 것보다 더 긴장이 되었다. 그날 나도 규정이와 함께 시험장에 따라갔다. 오랜만에 찾는 모교라 감회가 남달랐다. 하지만 내 처지를 생각하니 자연히 위축될 수밖에 없었다. 그 때 누군가가 내 이름을 불렀다.

"석환이 아니야?"
고2, 3때 담임 선생님 함인식 선생님이었다.
"선생님!!"
"너 제자가 시험 보니?"

"네. 근데 악기 시작한 지 얼마 안 되어서
잘 모르겠어요."
"니가 가르쳤는데 당연히 잘하겠지."

학교 다닐 때도 격려를 많이 해 주셨던 선생님. 그날도
긍정적인 말씀을 해 주셔서 마음에 큰 위로가 되었다. 시
험이 끝나고 집으로 돌아가는 길. 나는 속으로 '진짜 규정
이가 붙으면 얼마나 좋을까?' 싶었지만 너무 큰 기대일지
도 모른다는 생각을 했다.

며칠 뒤 전화가 왔다.

"선생님, 저희 규정이 덕원예고 합격했어요!!"
"아!! 정말 축하드립니다. 어머님!"
"다 선생님 덕분이에요. 감사합니다."

내심 걱정하고 있었는데 규정이가 합격했다니 내가 합
격한 것보다 기뻤다. 규정이가 고등학교 가서도 잘 적응
할 수 있을까 걱정하고 있을 때 또 한 통의 전화를 받았다.

"여보세요?"

"안녕하세요, 문석환 씨죠? 덕원예고 음악
부입니다. 혹시 다음 학기부터 실기 강사
로 나오실 수 있으세요?"

"네?!"

모교에 실기 강사 출강이라니! 나는 좋기도 하고 어안
이 벙벙했다. 알고 보니 규정이가 나에게 배우고 싶다고
실기 강사로 나를 추천한 거라고 했다. 갑자기 좋은 일이
연달아 생기니 뭔가 믿기지 않았다. 조금씩 자신감이 생
기기 시작했다. 그렇게 2009년 새해를 맞았다.

**36화**

# 크레센도(Crecendo)_점점 세게 2:
# 학원 운영(2009-2010년)

- 2009년 2월 제1회 정기 연주회

2009년. 나는 개원한 후 아직 정기 연주회를 열지 못하고 있었다. 마음속으로 계속 생각은 하고 있었지만 해 본 적도 없고 모든 걸 혼자 준비하려니 엄두가 나지 않았다. 그래도 더 이상 미룰 수는 없다고 생각해서 연주회를 열기로 결심을 했다. 나는 먼저 학생들과 학부모님들의 의견을 물어보았다.

> "어머니, 2월 말쯤에 연주회를 하려고 하는
> 데 어떠세요?"
> "연주회요?"
> "네."
> "우리 아이 실력으로 연주회에 나갈 수 있
> 을까요?"

그렇게 의견을 모은 결과 약 스무 명이 연주회 참석 의사를 밝혔다. 갑자기 마음이 급해진 나는 가까운 연주홀부터 찾기 시작했다. 지금은 소규모 연주홀이 많이 있지만 당시에는 대부분 300석 이상 되는 홀뿐이었다. 여기저기 수소문하던 중 7호선 학동역 근처에 신한아트홀이라는 곳을 찾았다. 먼저 전화를 걸어 본 후 직접 찾아가 장소를 확인해 보기로 했다. 도착해서 보니 주차장도 없고 홀도 지하에 있었지만 딱히 다른 대안이 없었다. 당일 바로 예약을 했다.

　　다음으로 팸플릿과 포스터를 제작했다. 난생처음 팸플릿과 포스터 제작을 해야 했기에 아무 정보가 없던 나는 당시 서예 활동을 하시던 어머니가 아는 곳을 소개받아 제작을 맡겼다. 연주 전날 팸플릿을 찾아왔는데 여기저기 오타가 보였다. 하는 수 없이 혼자서 글자를 오려 붙여 오타를 수정하고 나니 새벽 3시가 다 되어 있었다. 첫 정기 연주회라 긴장을 해서 그런지 한숨도 자지 못하고 뜬눈으로 밤을 새웠다.

점심때쯤 겨우 눈을 떴지만 컨디션이 좋지 않았다. 6시 30분에 공연이 시작되었는데 4시부터 리허설을 시작했다. 연주회 사회는 지환이가 봐 주기로 했고 반주는 내가 하기로 했다. 나를 포함해서 학생들 모두가 처음 하는 연주회라 다들 무척 긴장했다. 그렇게 제1회 문클라리넷 연주회가 시작되었다. 학원을 시작하고 나서 힘들었던 순간들이 하나둘 떠오르면서 가슴이 벅차올랐다. 반주를 하면서도 북받쳐 오는 감정을 주체하기 힘들었다. 학생분들이 어떻게 연주하는지 신경 쓸 겨를도 없이 정신없는 가운데 연주회가 끝났다. 그 1회 연주회에 참석하셨던 분들 중에 아직까지 레슨을 받으시는 분이 계신다. 정말 감사할 따름이다.

2009년은 유독 전공생들이 많이 들어왔다. 중 1때 취미로 배우려고 학원을 찾아온 인택이, 고 1에 악기를 처음 시작한 나은이도 전공 준비를 하겠다고 했다. 나는 그해 2학기에는 덕원예고에 실기시험 심사를 나가기도 했다. 2010년에도 전공생들이 계속 늘어났다. 그때 초등학교 5학년 때부터 배우던 현우도 전공을 하겠다고 했다. 지금 생각해 보면 입시생들을 신경 쓰느라 당시 취미반 학생들과 성인반 학생들에게 더 신경 쓰지 못한 게 많이 아쉽다. 하지만 전공생들을 가르치면서 나도 한 단계 성장할 수 있었다.

2010년 학원을 하면서 가장 기억에 남는 에피소드는 배우 H 님과의 첫만남이다. 하루는 학원으로 문의 전화가 왔다.

"저, 클라리넷 학원이죠?"

"네."

"저 직장인인데 클라리넷 레슨받고 싶어서 연락드립니다."

"네, 혹시 악기는 있으세요?"

"아직 없는데 구입하겠습니다."

당시만 해도 악기를 구입한다는 학생이 있으면 내가 악기사에 따라가서 직접 테스트를 하고 구매하는 것을 도와드렸다. H 님과 악기사에서 만나기로 약속을 했는데 당일 학원으로 다시 전화가 왔다.

"선생님, 죄송한데 회사에 급한 일이 생겨서 오늘 못 가게 되었습니다. 내일 시간 괜찮으세요?"

그런데 내일이 되자 그날도 바빠서 못 온다는 연락을 받았다. 그리고 다시 다음 날로 약속을 잡았다. 나는 악기사로 들어가면서 '도대체 얼마나 바쁜 사람이길래 약속을 몇 번이나 미루는 거야?' 생각했다. 그런데 무척 안면 있는 사람이 악기사 안에서 나를 기다리고 있었다. '누구지? 어디서 많이 본 사람인데? 아!!!!!' 알고 보니 유명 배우 H 님이었다.

"안녕하세요. H○○입니다."
"아, 네…. 반갑습니다."

H 님의 팬인 나는 인사를 하고 악기 테스트를 하는데 너무 떨려서 소리가 잘 나지 않았다. 겨우 악기 구입을 도와드리고 가려고 하는데 H 님이 나를 불렀다.

"선생님, 혹시 오늘 시간 어떠세요? 저는 오늘부터 레슨 받고 싶은데…"

나와 H 님은 함께 차를 타고 같이 학원으로 이동했다 나는 너무 긴장해서 한마디도 할 수 없었다. 그날의 첫 만남 이후 H 님은 지금까지 꾸준히 레슨을 받고 있고 또 함께 '사마르 클라리넷 앙상블 팀'을 꾸려 활동하고 있다.

그해 입시 준비를 하던 제자들 대부분이 원하는 학교에 합격했다. 학교에서도 좋은 성적을 내는 등 모든 것이 잘 풀리는 기분이었다. 당시에는 그렇게 앞으로는 탄탄대로일 거라 생각했다.

**37화**

# 싱커페이션(Syncopation)_당김음 1: 학원 운영(2010-2011년)

- 2010년 8월 제2회 정기 연주회
- 2011년 2월 제3회 정기 연주회
- 2011년 11월 첫 성인반 단독 연주회

2009년과 2010년 사이에 신종 플루가 유행을 했다. 물론 지금의 코로나처럼 장기간은 아니었지만 신종 플루 영향으로 쉬는 학생들이 생기기 시작했다. 관악기의 특성상 호흡기로 전파되는 전염병에 민감할 수밖에 없었다.

2010년 8월에 두 번째 정기 연주회를 열었다. 첫 번째 연주회가 끝나고 근 일 년 반이나 지난 시점이었다. 원래 연초에 연주회를 열고 싶었지만 신종 플루로 학생들이 다 빠져나가서 다시 학원생들을 모을 때까지 기다릴 수밖에 없었다. 두 번째 연주회라 처음보다 수월할 거라 생각했는데 실제는 전혀 그렇지 못했다. 1회보다 조금이라도 나아진 모습을 보여야 한다는 부담감에 준비 과정이 훨씬 더 힘들었다. 나는 이번 연주회부터 내가 직접 반주했던 부분을 MR 반주로 대체할 계획을 세웠다. 그런데 문제는 MR 반주를 구하는 일이었다. 나는 계속 찾아보면서 좋은 악보가 있으면 바로바로 구입하면서 MR을 모으기 시작했다. 100곡 정도의 MR을 구입한 뒤 연주회 준비에 돌입했다.

클래식 곡은 엄두가 나지 않았다. 편한 곡들 위주로 연주회를 준비했는데 아무리 편한 곡이라 해도 반주 맞추는 것이 쉬운 일이 아니었다. 전공 준비를 하는 학생들은 피아노 전공생에게 부탁해 따로 피아노 반주를 맞추었다. 연주 당일 지환이에게 전화가 왔다. 내가 사회를 보려고 지환이에게 사회 부탁을 하지 않았는데 고맙게도 먼저 연락해 사회를 봐 주겠다고 했다.

2회 연주회도 1회 때와 같은 장소인 신한아트홀에서 했다. 확실히 첫 연주회보다는 편안한 기분이 들었다. 작년 연주회에 참가했던 학생분들도 그때보다 여유 있게 연주를 했고 특히 전공생들은 실력이 일취월장해서 듣고 있던 관객들이 깜짝 놀라기도 했다. 그렇게 무사히 2회 연주회를 마쳤다. 연주회를 잘 마쳤지만 나는 학생들이 언제 그만둘까 봐 늘 불안했다. 남들이 들으면 과장한다고 생각할지도 모르겠지만 그때나 지금이나 정성을 다해 가르친 학생이 그만둔다고 하면 창자가 찢어지는 듯이 아프다. 학원을 운영한 지 근 이십 년이 다 되어 가지만 이것은 아직도 적응이 되지 않는다. 다행히 2010년 말부터 학생 수가 다시 조금씩 늘어났다.

나는 1회와 2회 정기 연주회처럼 긴 간격을 두지 않으려고 바로 3회 연주회를 준비했다. 2011년 2월 역시 같은 장소에서 연주회를 열었다. 3회는 2회보다 훨씬 업그레이드 된 연주회였다. 피아노 반주자도 있었고 음향도 훨씬 만족한 상태에서 연주회를 했다. 하지만 철저히 준비를 한다고 했는데도 순조롭지 못한 부분이 생기는 것은 어쩔 수 없었다. 처음 연주회에 참가하는 학생들이 무대에서 소리가 나지 않아 시간을 지체하기도 했고 평소 연습보다 실력을 발휘하지 못해 실망하시는 분들도 많았다. 3회 연주회가 끝나고 처음으로 성인반 학생분들과 뒤풀이 시간을 가졌다. 학원 오픈 후 처음으로 학생분들과 허심탄회하게 이야기를 나누었다. 나는 학생분들께 용기를 북돋아 드리고 자신감을 불어넣어 드리려고 노력했다.

2011년 11월에는 성인반만 따로 연주회를 하기도 했다. 당시 총무를 맡고 계시던 S 님이 "선생님, 우리 성인반만 연주회를 해 보는 게 어떨까요?" 하고 제안을 해 오셨다. 나는 사실 그게 가능할까 싶었는데 학생분들께 물어보니 많이들 찬성하셨다. 그렇게 성인분 8명 정도를 모아 준비를 시작했다. 나는 성인반 연주회이니만큼 연주홀 말고 좀 편안한 분위기의 장소가 없을까 고민하다가 성신여대 근처의 라이브카페를 섭외했다. 카페에 직접 가서 살펴보니 생각보다 분위기도 좋고 음향도 나쁘지 않았다.

연주회 당일. 카페에 들어가 보니 학생분들이 모두 미리 도착해 있었다. 맥주가 무한대로 제공되는 곳이었는데 연주 시작 전 다들 한두 잔씩 마시고 시작하니 어색했던 분위기와 긴장이 점점 풀리기 시작했다.

"제가 먼저 시작해 보겠습니다." 한 학생분이 손을 들더니 가장 먼저 용기 있게 무대 위로 올라갔다.

"와." 우리는 크게 박수를 쳤다. 학생분이 준비하신 곡을 연주하는데 음악에 완전히 심취해서 멋지게 연주를 마쳤다. 학생분들 중에 실수하시는 분들도 있었고 삑 소리가 나는 분들도 있었지만 모두가 즐겁고 재미나게 연주를 끝냈다. 지금까지도 가장 기억에 남는 연주회이다.

"2차 갑시다!!" 연주가 다 끝나자 한 분이 소리치셨고 우리는 왁자지껄 2차 자리로 향했다. 그때 학생분들과 속에 있는 이야기를 많이 나누었다. 성인반 분들과 한층 가까워지는 계기가 되었다.

그렇게 2011년은 나에게 또 다른 의미의 성장이었다. 무엇보다 성인반 연주회를 시작한 해라서 뜻깊은 한 해였다. 그렇게 연주회가 끝나고 신기하리만큼 문의 전화가 많이 왔다. 성인, 학생 할 것 없이 신규 등록이 많았다.

**38화**

# 싱커페이션(Syncopation)_당김음 2:
# 학원 운영(2012-2013년)

- 2012년 8월 제4회 정기 연주회
- 2013년 5월 두 번째 성인반 연주회
- 2013년 8월 제5회 정기 연주회
- 2013년 12월 독주회

2012년. 개원 7년차에 접어들었다. 학원은 서서히 자리를 잡아 가는 듯했지만 나는 여전히 어떻게 학원을 운영해야 할지 몰랐다. 전공생들을 더 많이 받아야 할지 아니면 취미생들을 더 받아야 할지 또 학생들 위주로 운영하는 것이 맞는지 성인반을 활성화해야 할지 감이 잡히지 않았다. 나는 여전히 시행착오를 반복하고 있었다.

8월에 있었던 4회 연주회도 그런 경험 중의 하나였다. 4회 연주회는 그때까지 했던 연주회 중에서 가장 많은 40명이 참가했고 학생들마다 두 곡씩 연주를 해서 연주 시간만 4시간이 넘는 연주회였다. 나는 준비하면서 참가 인원도 많고 연주회 시간도 길고 하니 뭔가 내가 성공한 기분이 들었다. 하지만 연주 당일 홀에 도착해 보니 관계자와 소통 착오로 MR을 틀 수 없는 상황이었다. 스피커를 공수하기 위해 30분 늦게 공연이 시작되었다. 시작부터 분위기가 산만하다 보니 연주하는 학생들도 원래 실력을 발휘하지 못했다. 나는 내가 너무 욕심을 부려 이런 사고가 난 것 같아 다음부터는 연주회 규모를 줄여야겠다고 생각했다. 아니나 다를까 연주회 다음날부터 당일 실력을 발휘하지 못한 학생들이 빠져나가는 것이 느껴졌다. 연주회에 대한 회의가 들었다. 어떻게 하면 학생들도 만족하고 학원도 성장할 수 있는지 더 고민하는 계기가 되었던 연주회였다.

당시 나는 자신감이 떨어져 전공생들을 내 실기 선생님께 보내 도움을 요청했다. 전공생들 스스로가 다른 선생님들을 찾아 떠나기도 했다. 설상가상으로 이번에는 메르스가 유행해 학원 운영에 영향을 받았다. 메르스 때도 지금 코로나만큼 심각하지는 않았지만 일부 학생들이 레슨을 그만두었고 나는 또 침체될 수밖에 없었다. 다행히 성인반 학생분들은 내 걱정을 해 주시며 한 번이라도 레슨을 더 받으려고 하셨다. 그런 학생분들의 도움으로 힘든 기간을 이겨 냈다.

2013년 5월에 성인반 연주회가 있었다. 하지만 참석하려는 학생분들이 너무 적었다. 나는 한 분이라도 모시고 연주회를 하자는 생각으로 계속 진행을 했다. 그런데 연주회 당일 폭우가 쏟아졌다. 그 와중에 원래 참가하기로 했던 한 분은 교통사고가 나서 연주회에 오지 못하셨다. 그래서 진짜 한 분만 연주하는 웃픈 에피소드가 있었다. 8월 연주회에서는 연주회는 잘 치렀지만 홀 관계자와 대관비와 동영상 촬영으로 시비가 있었다.

'문클라리넷 학원'이 클라리넷 학원으로는 거의 최초이다 보니 학원 운영이나 연주회에 대해 물어보고 싶어도 함께 의논하고 자문을 구할 사람이 없었다. 그렇게 나는 그때까지도 여전히 혼자 고군분투하며 하나하나 직접 부딪히며 배워 가고 있었다. 그래도 초심을 잃지 말자는 마음만은 변함이 없었다. 힘든 과정 속에서도 클라리넷을 활성화시키기 위해 내가 뭔가 해야 한다는 생각은 여전했다. 나는 새로 마음을 다잡고 학생들에게 보답하는 의미로 연말에 독주회를 열었다.

2013년에 들어왔던 학생 중에 기억에 남는 친구가 있다. 바로 오빈이다. 하루는 학원으로 문의 전화가 왔다.

"안녕하세요. 저… 저희 아이가 클라리넷을 배우고 있는데 좀 아픈 아이예요."

"네…?"

"발달장애가 좀 심한데 혹시 가르쳐 보신 경험있으세요?"

나는 순간 당황했다. 그리고 오빈이를 받아야 할지 말지 고민했다.

"저희 아이한테 개인 레슨을 시켜 주고 싶은데 여기저기 문의했지만 다 거절당했어요. 마지막으로 여기 전화드린 거예요."

"네… 제가 아직 경험은 없는데 한 번 같이

방문해 주시겠어요?"

"아, 그럼 내일 바로 방문할게요!"

전화를 끊고 괜히 받은 건 아닌가 조금 후회가 되었다. 발달장애 학생을 내가 잘 가르칠 수 있을지 잘못 가르쳐서 괜히 학생의 시간만 낭비하게 하는 것은 아닌지 걱정이 됐다. 다음 날 오빈이와 어머니가 방문했다. 오빈이 어머니는 오빈이의 상태에 대해 자세히 설명을 해 주셨다.

"저희 아이가 클라리넷을 엄청 좋아하긴 하는데 의사소통하는 데 많이 힘드실 거예요…."

"네, 우선 최선을 다해 가르쳐 보겠습니다."

당시 중2였던 오빈이가 첫날 소리를 내는데 소리가 우렁차고 맑은 게 확실히 재능이 있어 보였다. 하지만 문제는 악보 보는 것과 소통이었다. 우선 전혀 소통이 되지 않았다. 일주일에 두 번 레슨을 했는데 소통이 안 되니 두 달이 지나도 여전히 제자리걸음이었다. 나는 그때부터 어떻게 하면 오빈이와 소통할 수 있을지 연구하기 시작했다. 우선 오빈이 눈을 보면서 같은 톤으로 열 번, 스무 번 이상 반복해서 말했고 오빈이도 조금은 알아듣는 눈치였다. 하지만 크게 나아지지는 않았다. 그러던 중 준비했던 독주회 날이 되었다.

당시 예술의 전당 근처의 클래식카페홀(現 엘림아트홀)에서 연주를 했는데 클래식, 가요, 재즈 등등을 조금씩 섞어서 연주를 했다. 생각보다 많은 분들이 연주회를 보러 오셔서 놀랐다. 나는 준비한 곡들을 하나씩 연주해 나갔다. 손이 아프긴 했지만 그래도 감사한 마음으로 무사히 연주회를 마쳤다.

나는 독주회 동영상을 오빈이 어머니께 보내드렸다. 다음 레슨 때 오빈이 어머니가 오빈이가 동영상에서 본 곡을 자기도 너무 하고 싶어 한다고 했다. 〈가려워진 길〉이라는 곡이었는데 바로 악보를 프린트한 후에 연주를 시켜 보았다. 그런데 악보를 보고는 전혀 못 불던 오빈이가 동영상을 틀어 주니 놀랍게도 완벽하게 연주를 하는 게 아닌가? 그날 나는 오빈이는 악보가 아니라 반주를 듣고 계속 맞추게 해야겠다고 생각했다. 그다음부터는 어느 정도 연습이 되면 바로 MR 반주를 틀어 놓고 연습을 시켰다. 그렇게 오빈이는 실력이 급성장했다. 오빈이는 나에게 고2까지 3년 정도 배웠는데 나중에 상명대 음대에 합격했다는 소식을 들었다. 지금은 졸업 후 연주자로 활동 중이다. 나의 자랑스러운 제자 중의 한 명이다.

## 39화

# 스포르찬도(Sforzando)_갑자기 세게 1: 학원 운영(2014년)

- 2014년 3월 국립외교원 출강 시작
- 2014년 12월 국립외교원 연주회

2014년. 어느덧 학원을 개원한 지 9년이 되었다. 그동안의 노력이 헛되지 않았는지 주변에 조금씩 입소문이 나기 시작했다. 2월 어느 날, 학원으로 문의 전화 한 통이 걸려왔다.

"안녕하세요, 문석환 원장님이시죠? 국립
외교원입니다."
"네."
"이번에 저희 외교원 글로벌 리더십 과정
에 악기 강좌를 개설하려고 하는데, 혹시
시간 괜찮으신지요?"
"아, 네. 무슨 요일이죠?"

"화, 목 점심 때 두 번 오시면 되요."

"네⋯ 시간 괜찮습니다."

"그런데 아직 강좌가 확정된 게 아니고요. 3월에서 10월까지 교육받으실 분들이 50분 계시는데 그중 일곱 분 이상이 신청을 하셔야 강좌가 개설이 돼요. 그래서 첫날 원장님께서 직접 클라리넷을 소개하셔야 합니다."

"네?!"

그동안 레슨을 많이 하긴 했지만 많은 사람들 앞에서 강의를 해 본 적은 없기에 걱정이 앞섰다. 하지만 국립외교원에서 고위 공무원들을 대상으로 하는 강좌라니 클라리넷을 알리고 새로운 경험을 쌓을 수 있는 좋은 기회라고 생각했다. 나는 도전해 보기로 마음을 먹었다. 연락을 받은 그날부터 어떻게 클라리넷을 소개해야 할지 고민하기 시작했다. 드디어 처음 클라리넷을 소개하는 날. 강의실로 들어갔는데 앉아 있는 사람들의 표정이 심각한 것이 분위기가 조금 무거워 보였다. 나는 다른 강좌 선생님들과 함께 앞줄에 착석했다. 나는 세 번째 순서였다. 내 앞의 두 분은 기타와 사진 강사 선생님이었던 걸로 기억하는데 두 분 다 경험이 많으신지 아주 유창하게 설명을 잘하셨다. 드디어 내 차례가 되었다.

"안녕하세요, 이번에 새로 클라리넷 강좌를 맡은 문석환입니다."

이렇게 내 소개를 하고 나자 준비해 간 다음 말이 전혀 떠오르지 않았다. 나는 무슨 말을 해야 할지 말문이 막혀 버렸다. '에라 모르겠다. 연주를 하자.'

"먼저 연주를 한 곡 들려 드리겠습니다. 〈넬라 판타지아(Nella fantasia)〉라는 곡입니다." 하고 바로 악기를 불기 시작했다. 연주가 시작되자 몇몇 분이 관심을 보이기 시작했고 연주가 끝나자 질문을 하는 분들이 있었다. 나는 얼마나 배워야 하는지, 입문용 클라리넷 가격은 어떻게 되는지 등 질문에 상세히 대답을 해 드리고 강좌 소개를 끝냈다.

며칠 후 외교원에서 전화가 왔다.

"원장님, 클라리넷 강좌에 열 분 정도가 신청하셨어요."

나는 강좌가 개설되지 않을 수도 있겠다고 생각했는데 열 분이나 신청하셨다니 깜짝 놀랐다. 그룹 레슨을 거의 해 보지 않아서 조금 힘들긴 했지만 강의 시간보다 일찍 도착해서 준비하고 한 분 한 분 봐 드리기 위해 최선을 다했다. 그렇게 2014년과 2015년에는 국립외교원 출강을 했다.

그해에는 초등학교 3학년이던 2010년부터 나에게 배우고 있던 수인이의 예중 입시가 있었다. 수인이가 처음 학원에 와서 악기를 부는데 플라스틱 악기인데도 소리가 너무 좋아 충격을 받았었다. 그 후로 나는 수인이 어머니께 수인이를 전공을 시키면 어떻겠냐고 말씀을 드렸다. 이후 수인이는 웬만한 콩쿠르는 다 입상할 정도로 뛰어난 재능을 보였다. 우리는 선화예중을 목표로 입시 준비를 했다. 나는 혼자 역량으로 수인이를 가르치는 것보다 나보다 훌

룡한 선생님과 같이 가르치는 것이 더 좋을 것 같아 민조형에게 수인이를 소개시켰다. 그렇게 둘이 함께 수인이를 가르쳤고 그해 11월 당당하게 선화예중에 합격했다. 나는 뛸 듯이 기뻤다. 학원을 시작하면서 원래 전공생은 가르치지 말자는 마음을 먹고 있었는데 점점 제자 욕심이 나기 시작했다.

2014년은 유독 연주회를 많이 한 해였다. 신년 연주회, 성인반 연주회(2번), 정기 연주회, 송년 연주회, 외교원 연주회 이렇게 총 여섯 번의 연주회를 치렀다. 그중에 가장 기억에 남는 연주회는 12월에 있었던 국립외교원 연주회이다. 그룹 레슨이다 보니 앙상블 위주로 연주를 했는데 연습 때와 달리 서로 박자가 안 맞아 진땀을 흘렸다. 하지만 내 강좌가 클라리넷 활성화에 조금이나마 기여한 것 같아 뿌듯했던 연주회였다. 그렇게 바쁘게 2014년을 마무리했다.

**40화**

# 스포르찬도(Sforzando)_갑자기 세게 2: 학원 운영(2015년)

- 2015년 11월 이성호 학생 한예종 입시

2015년 가장 기억에 남는 일은 제자 성호의 한예종 합격이다. 성호는 중2이던 2011년 하반기에 나를 찾아왔다. 학교 밴드부에 들어가면서 클라리넷을 시작했는데 거의 독학으로 연습했기에 레슨을 받아 본 적이 없다고 했다. 앞으로 전공으로 하고 싶은 마음도 있고 조금 더 전문적인 선생님한테 배우고 싶어 여기저기 알아보다가 우리 학원을 알게 되었다고 했다.

성호는 실력이 나쁘지는 않았지만 기초부터 체계적으로 배우지 않아서 그런지 기본이 부족했다. 일 년 정도 주로 기본기를 위주로 레슨을 진행했다. 그러던 어느 날 성호가 아버지 친구분이 소개해 주신 다른 선생님께 레슨을 받으러 가겠다고 했다. 섭섭한 마음이 전혀 없었다면 거짓말이지만 당시 나는 전공생을 가르치기에는 스스로 많이 부족하다고 생각하고 있었기에 앞으로 열심히 하라며 성호를 보내 주었다.

그런데 어느 날 민조 형에게 전화가 왔다. 이번에 아는 분에게 소개받은 제자가 있는데 나에게 배우다 왔다는 얘기를 듣고 연락을 했다는 것이다. 성호였다. 민조 형은 혼자 가르칠 수 없다며 나에게 같이 가르치자고 제안했다. 성호의 동의를 거쳐 우리는 그때부터 같이 레슨을 했다.

성호는 본격적으로 악기를 시작한 것이 조금 늦은 편이라 예고가 아닌 일반계 고등학교로 진학을 했다. 고등학교에서도 밴드부 활동을 하며 음대를 목표로 연습했다. 민조 형과 성호를 가르친 지 3년, 성호는 고3이 되었고 우리는 입시가 가장 먼저 있는 한예종에 도전하기로 했다. 전공생을 가르치지 않겠다고 생각했던 처음의 마음과 달리 제자가 한예종 입시를 준비한다고 하니 반드시 합격시키고 싶은 욕심이 생기기 시작했다. 아마도 내가 이루지 못한 꿈을 제자를 통해서라도 이루고 싶었던 마음이 아닐까 싶다.

민조 형과 내가 열심히 가르쳤고 성호도 하루에 8시간
이상씩 맹훈련을 하며 입시를 준비했다. 하루하루 실력이
느는 것이 눈에 보일 정도였다. 하지만 아무리 잘해도 악
기 좀 한다는 학생들은 모두 지원하는 한예종인 만큼 나는
속으로 걱정을 많이 했다. 실력도 실력이지만 운도 따라
줘야 한다는 것을 누구보다 잘 알기에 항상 기도하는 마음
으로 성호 레슨을 했다. 그렇게 한예종 시험날이 왔다.

1차 시험날. 같이 따라가지 않았지만 하루 종일 긴장감에
레슨이 손에 잡히지 않았다. 며칠 뒤 성호의 전화가 왔다.

"선생님, 저 1차 합격했어요!!"
"진짜? 성호야 너무 대견하다. 축하해!!"

나는 한편으로는 너무 기뻤지만 내가 입시를 봤을 당시
의 트라우마로 긴장을 늦출 수 없다는 생각을 했다. 다음
날 성호가 레슨을 받으러 왔다. 나는 사실 더 가르칠 것이

없고 레슨을 한다 해도 결과에 영향을 줄 수 없다고 생각했다. 나는 성호의 긴장을 풀어 주고 멘탈을 잡아 주려고 노력했다. 연주자로 실패한 내가 제자들에게 해 줄 수 있는 것은 이런 정신적인 부분밖에 없는 것 같아 미안했다. 그래서 항상 내 제자들이 잘돼야 한다는 생각을 하고 있었다. 나를 위해서가 아니라 본인들을 위해서 말이다.

2차 시험날. 1차보다 더 긴장하면서 하루를 보냈다. 최선을 다해서 준비했지만 워낙 변수가 많은 것이 입시이다 보니 함부로 결과를 예측할 수 없었다. 며칠 후 전화기를 보니 성호의 부재중 전화가 와 있었다. 나는 떨리는 마음으로 성호에게 전화를 걸었다.

"여보세요? 성호야."

"선생님!!! 저 합격했어요!!"

"진짜?!!! 너무 축하한다!! 고생했다!!"

"와악!!!!!!!!!!"

전화를 끊고 나서 나는 너무 기쁜 나머지 크게 소리를

질렀다. 성호를 가르쳤던 4년의 시간들. 그리고 학원을 운영하면서 힘들었던 십여 년의 시간들이 한꺼번에 보상받는 기분이었다.

# 41화

# 칸타빌레(Cantabile)_노래하듯이:
# 학원 운영(2016년)

- 2016년 4월 〈결혼계약〉 OST 녹음

2016년. 학원 운영 10년 차를 맞았다. 나는 여전히 혼자 고군분투 중이었고 늘 불안한 마음이었다. 학생 한 명이 그만두면 마치 회사에서 해고 통보를 받은 것처럼 스트레스를 받고 몸도 아팠다. 나는 당시까지도 연주에 대한 미련을 버리지 못하고 있었다. 가끔 친한 지인이 연주회 티켓을 주면 학생들과 같이 가서 혼자 밖에서 기다리곤 했다. 다른 사람이 연주하는 것을 보면 나도 하고 싶어질까 봐 차마 공연을 볼 수 없었기 때문이다.

그러던 어느 날. 군대 일주일 고참이던 N에게 전화가 왔다. N은 영화와 드라마 음악 감독으로 활동하고 있었다. 일주일이라도 군대 고참은 고참이었고 나이는 내가 많았기에 우리는 서로 존대를 했다.

"석환 형, 진짜 오랜만이에요! 그동안 잘 지냈어요? 다름이 아니라 제가 이번에 드라마 〈결혼계약〉 작업을 하는데 클라리넷을 쓰면 좋을 것 같아서…. 형이 제일 먼저 생각이 나더라고요."

"아… 오랜만이에요. 그런데 내가 요즘 연주를 거의 안 해서…… 혹시 다른 사람 추천해도 될까요?"

"다른 사람이요? 형, 나는 형이 해 줬으면 좋겠어요. 그렇게 어렵지 않은 곡들이니까 부탁 좀 할게요."

"그럼, 한 번 해 볼게요."


다시 연주를 한다니 나는 걱정이 되기도 하고 또 설레기도 했다. N과 녹음 날짜를 약속하고 그렇게 우리는 무려 16년 만에 만났다. 외부 소음을 최대한 줄이기 위해 밤 12시가 다 되어 시간을 잡았다. 제대하고 처음 만나는 거라 정말 너무나 반가웠다. 우리는 군대 동기들, 고참들, 후임들 안부를 물으며 이런저런 대화를 나누었다. N이 악보들을 건네주며 말했다.

"형, 악보 먼저 봐 봐요."

전에도 영화 OST와 가수 앨범에 참여한 적이 있긴 했지만 드라마는 처음이라 긴장되었다.

"나 연습 좀 하고 시작해도 될까요?"
"당연하죠."

이미 자정을 넘긴 시간이라 조금 피곤하긴 했지만 그래도 최대한 집중해서 연습을 시작했다. 녹음이다 보니 침고이는 소리와 조그만 잡음에도 다시 녹음을 해야 해서 최대한 침이 고이지 않게 연습해야 했다. 오랜만에 하는 연습이다 보니 입술도 풀리고 온몸에 힘이 들어갔다.

"형, 긴장하지 말고 하세요."

나도 긴장하지 않으려고 노력했지만 저절로 손이 떨렸

다. 연습한 지 20분 정도 지나서 N이 드라마의 한 장면을 보여 주었다.

"형, 우리가 여기에 들어갈 거예요. 드라마는 이미 방영 중인데 한 10화부터 클라리넷 솔로를 넣을 거예요."

드라마 내용을 보니 너무 가슴이 아팠다. 그 장면을 보고 멜로디를 들으니 곡이 더 슬프게 들렸다.

"그럼 시작해 볼까요?"

녹음이 시작되었다. 시작하자마자 삑 소리가 났다. 다시 녹음을 했는데 이번에는 침이 고였다. 역시 쉽지 않구나 생각하며 진땀을 흘리고 있는데 N이 말했다.

"형, 긴장하지 말고 편안하게 해요. 우리 군대 있을 때 형 〈랩소디 인 블루〉 연주했던 것처럼요." 그 말을 듣는 순간 갑자기 자신감이 생겼다. 몇 번의 녹음 끝에 드디어 첫 곡 녹음이 끝났다.

그날 총 다섯 곡을 녹음해야 했다. 시간이 지날수록 집중력이 떨어지고 잠이 쏟아지기 시작했다. 나는 허벅지를 찔러 가며 겨우 정신을 차리고 녹음을 이어 갔다. 잠깐씩 쉬면서 밖에서 바람을 쐬고 들어오면 정신이 맑아졌지만 그것도 잠시, 녹음을 하면 할수록 쏟아지는 졸음을 이기기 힘들었다. 그렇게 새벽 4시 반이 넘어 겨우 녹음을 끝냈다.

집에 도착해서 씻고 자리에 누웠다. 아까까지 쏟아지던 잠이 싹 가시고 눈이 말똥말똥했다. 방금 녹음한 곡들이 계속 귓가에 맴돌았다. 오랜만에 연주를 해서 기분이 좋았지만 멜로디가 너무 슬퍼서 그런지 끝내 잠들지 못하고 뜬눈으로 아침을 맞았다.

며칠 뒤. N에게서 전화가 왔다.

"형, 아마 내일 방영되는 부분에 형이 연주한 게 나올 거예요. 한번 들어보세요."

나는 드라마에서 내 연주가 어떻게 들릴까 떨리는 마음으로 본방을 기다렸다. 1화부터 보지 않아 무슨 내용인지 감을 못 잡으면서 드라마를 보고 있는데 갑자기 내 연주가 흘러나왔다.

'어…. 소리 괜찮은데? 이 정도면 나 다시 연주해도 되는 거 아니야?'

드라마에 나오는 내 연주에 도취된 나는 갑자기 연주에 대한 욕심이 되살아났다.

'한 번 해 볼까?'

나는 이전에 연주했던 곡들을 꺼내서 연주해 보았다. 역시나 손이 돌아가지 않았다.

'학원이나 열심히 하자. 연주는 무슨….'

나는 그날로 연주에 대한 미련을 완전히 접었다.

여름 정기 연주회, 가을 성인반 연주회, 겨울 송년 연주회를 준비하며 문클라리넷 10년 차가 지나갔다.

**42화**

# 오버츄어(Overture)_서곡:
# 학원 운영(2017년)

- 2017년 8월 '사마르 클라리넷 앙상블팀' 창단
- 2017년 11월 명동성당 봉사 연주

2017년. 2010년에 처음 레슨을 시작했던 배우 H 님은 7년이 넘게 꾸준히 레슨을 받고 있었다. 몇 번 식사도 하고 속에 있는 이야기를 나누면서 우리는 점차 가깝고 편한 사이가 되었다. H 님은 바쁜 스케줄 가운데서도 항상 열심히 연습을 했고 실력도 나날이 좋아졌다. 아마추어라고 하기에는 아까운 실력이었다. 나는 농담 반 진담 반으로 지금이라도 전공을 바꾸는 게 어떻겠냐고 했고 H 님은 수능을 보기 싫어서 못하겠다고 우스갯소리를 하곤 했다.

그러던 어느 날 H 님이 레슨을 받다가 앙상블팀 이야기를 꺼냈다.

"저기, 나 앙상블을 하고 싶은데 멤버들을
좀 꾸려 줄 수 있을까?"
"클라리넷 앙상블이요?"
"응."

　나는 처음에 H 님이 아마추어 앙상블팀을 만들고 싶다
는 뜻으로 이해하고 "제 학생들 중에서 실력 있으신 분들
이 몇 분 계신데 한 번 여쭈어볼게요." 하고 대답했다. 그
런데 H 님은 생각지도 못하게 아마추어가 아닌 전공자들
과 같이 하고 싶다고 말했다.

"많이 배울 수 있을 것 같고 재미있을 것 같아."
'프로 앙상블이라니….'

　순간 머릿속이 복잡해졌다. 가르치는 학생들 중에서 팀
을 꾸리는 것은 간단한 일이지만 클라리넷 전공자들로 앙
상블팀을 만든다는 것은 쉬운 일이 아니었다. 더군다나
나는 연주자의 길을 포기한 후로는 후배들과 가깝게 지내
지도 못하고 있었다. 누구한테 연락을 해야 할지, 연락을

한다고 선뜻 응할지 걱정이 앞섰다. 전공자들로 팀을 꾸리는 것은 힘들겠다고 말하려는 순간, 나를 바라보는 H 님의 간절한 눈과 마주쳤다.

"조금만 시간을 주세요. 팀 한번 만들어 볼게요."

'누구한테 연락하지?'

막상 만들어 보겠다고 대답은 했지만 누구에게 연락해야 할지 막막했다. 나는 대학교 때 같이 연습했던 후배 인호과 성수에게 연락하기로 했다. 당시 인호는 성남시향에 성수는 학교에 출강하면서 연주자로 활동하고 있었다. 전화할 용기가 나지 않아 문자로 연락을 했다.

'인호야, 잘 지내지? 나 너랑 연주하고 싶어서 연락하는데 시간 괜찮니?'

나는 '왜요?' 아니면 '무슨 연주요?' 하는 답이 올 거라 생각했는데, 둘 다 '너무 좋죠. 언제부터요?' 이런 답장이 왔다. 나는 오랜만에 연락한 나에게 이것저것 묻지 않고 함께하겠다고 해 주는 후배들이 너무 고마웠다. 후배들에게 만날 날짜와 장소를 알려 주었다. H 님이 팀에 함께하는 것은 일단 비밀로 했다.

첫 모임일. 인호과 성수, 당시 학원을 도와주고 있던 윤준이, 나 그리고 매니저 역할로 당시 악기사를 하고 있던 후배 은호 이렇게 다섯 명이 모였다.

> "형이랑 너무 연주하고 싶었어요. 학교 때
> 앙상블 연주하면 너무 좋았거든요."
> "나 지금은 잘 못해. 괜히 팀에 민폐 끼칠까
> 봐 걱정이야."
> "앙상블은 이렇게 네 명이 하는 거예요?"
> "아…. 한 분 더 있어. 곧 도착하실 거야."

말이 끝나자마자 H 님이 들어왔다. 다들 H 님의 예상치 못한 등장에 놀란 눈치였다.

"아…, 안녕하세요."

그리곤 나에게 귓속말로 "형…, 저 분도 같이 하는 거예요?" 하고 물어보았다.

"응."

"떨려서 어떻게 연주해요?"


그렇게 그날 '사마르 클라리넷 앙상블팀'이 창단되었다. 우리는 연습 일정을 잡고 당시 홀을 운영하던 후배에게 부탁해 그곳에서 연습을 시작했다. 매주 모여서 두 시간씩 연습을 했다. 팀 분위기가 무척 화기애애했다. 그러던 어느 날. 고등학교 동기가 명동성당에 봉사 연주를 나가는데 같이 해 줄 수 없냐고 연락을 해 왔다.


"솔로 연주야?"

"솔로로 해도 괜찮긴 한데 팀이 있으면 더 좋을 것 같아."

"진짜? 안 그래도 내가 요즘 클라리넷 앙상블팀 만들어서 연습 중이거든."

"그래? 잘됐네. 그럼 연주 와 줄 수 있어요?"

"일단 우리 멤버들한테 시간 물어볼게. 근
데 우리 팀에 배우 H 님도 있다."

"야, 너 장난해? 농담하지 마."

"농담 아니야, 진짜야."

동기는 끝까지 내 말을 믿지 않았다. 멤버들이 다들 시
간이 괜찮다고 해서 봉사 연주를 하기로 했다. 그해 11월이
었다. 연주 당일. 나는 조금 일찍 도착해서 다른 멤버들을
기다리고 있는데 여기저기서 웅성거리는 소리가 들렸다.

"H 아니야?"

"뭐야, 여기는 어쩐 일이래?"

의외의 인물 등장으로 사람들이 어쩔 줄 몰라 하고 있
는데 H 님이 나를 보고 반갑게 인사했다.

"석환이 일찍 왔네?"

사람들은 나를 매니저로 알고 질문 공세를 퍼 부었다.

"오늘 여기 영화 촬영 있어요?"

"아니요."

"그럼 H 님은 뭔 일로 여기 오셨어요?"

"오늘 클라리넷 연주가 있어서요."

"클라리넷 연주요?!"

사람들이 다들 놀라는 눈치였다. 명동성당에 따로 대기실이 없어서 밖에서 기다리고 있는데 동기가 급하게 나를 불렀다.

"석환아! H 님이 오면 온다고 말을 해 줘야
지!"

"나 말했잖아…."

"야, 진짜라고 말을 해 줘야지!"

"나 진짜라고 말했거든!"

드디어 우리 팀 연주 순서가 되었다. 우리가 준비한 곡은 바흐의 〈G선상의 아리아(Bach, Air On The G String)〉, 모차르트의 〈아이네 크라이네 나하트 무지크(W. A. Mozart

Eine Kline Nacht Musik)〉1악장, 그리고 〈옛사랑〉 총 3곡
이었다. H 님의 연주 실력에 관객들이 모두 많이 놀란 표
정이었다. 연습 때보다 조금 실수하긴 했지만 기억에 남
는 멋진 연주였다.

# 43화

# 심포니(Symphony)_교향곡:
# 학원 운영(2018-2020년)

- 2018년 3월 하계동 분점 개원
- 2018년 5월 사마르 클라리넷 앙상블 정기 연주회
- 2019년 6월 다문화가정 합동결혼식 행사

　2018년은 처음으로 분점을 시도해 본 해이다. 학원 운영 14년째. 학생 수도 점차 늘어나고 학원 운영도 전에 비해 자리를 잡아 가고 있었다. 나는 안주하지 않고 새로운 것에 도전해 보고 싶었다. 전부터 내가 자리를 잡으면 분점을 내서 후배나 제자들이 운영할 수 있게 도와주고 싶다는 생각을 했기에 그해 본격적으로 분점 자리를 알아보기 시작했다. 이전에 하계동 쪽에서 학생들을 가르쳐 보았던 나는 그 쪽을 눈여겨보고 있었다. 본점이 반포에 있으니 하계동 쪽에 분점을 내는 것도 나쁘지 않은 선택이라고 생각했다. 그 해 3월 계약을 했다. 당시 학원에서 나를 도와주고 있던 윤준이에게 그곳 전담을 맡겼다.

분점 개원을 했지만 생각보다 쉽지 않았다. 내가 분점까지 동시에 책임을 지고 운영을 하다 보니 시작하기 전에는 예상하지 못한 여러 가지 어려움에 부딪혔다. 신규 등록이 거의 없어 본점에서 번 돈으로 분점의 부족한 부분을 메우는 일이 반복되었다. 1년 반 정도 분점을 운영하던 나는 결국 아직 내가 분점까지 운영할 역량이 되지 않는다는 것을 깨닫고 윤준이가 '남스클라리넷'으로 개원하는 형식으로 분점의 꿈을 접었다. 비록 분점 개원 시도가 성공적이지는 않았지만 나에게는 좋은 경험이었고 많은 것을 배울 수 있었던 경험이었다. 앞으로도 기회가 된다면 다시 도전해 보고 싶은 꿈이기도 하다.

2018년에는 대학교, 군대 후배 재화가 용인 수지에 '송바이올린 학원'을 개원하기도 했다. 재화는 몇 년 동안이나 학원을 개원할지에 대해 망설였는데 나의 적극적인 추천과 압박에 드디어 정식으로 학원을 오픈하게 된 것이다.

2018년 '사마르 클라리넷 앙상블' 정기 연주회를 할 기회가 생겼다. 당시 수원에서 연주 홀을 하고 있던 학교 선배의 추천을 받아서 우리 앙상블의 단독 공연을 하게 되었다. 그때 수원 백병원 원장님 백선흠 선생님과 같은 실기 선생님 L 선생님 제자인 박지혜 그리고 대학교 후배이자 수원시향단원인 이순형도 앙상블에 합류하게 된다. 피아노 반주자도 지금까지 문클라리넷 전속 반주자인 인채연 선생님으로 영입하게 되었다. 매주 모여서 2시간 정도 정말 재미있게 연습을 했다. 당시 연주했던 곡은 〈Monti, Cazdas(몬티, 차르다쉬)〉, 〈A. Piazzolla, Libertango(피아졸라, 리베르탱고)〉 등등이 있었다. 곡이 좀 어렵긴 했지만 다들 열심히 준비한 만큼 자신 있었다.

연주 당일 간단히 리허설을 마치고 관객석을 봤는데 생각보다 많은 분들이 오셨다. 그때부터 긴장되기 시작했다. 그런데다가 갑자기 나에게 한마디를 하라고 해서 머릿속이 하얘졌다. 겨우 몇 마디를 하고 연주를 시작했다. 하는 곡들마다 호흡도 잘 맞고 연습 때보다 더 재미있게 연주를 마쳤다. 학생분들 중에 오신 분들도 계셨는데 연주가 너무 좋았다고 해 주서서 무척 뿌듯했다.

2019년에는 '사마르 클라리넷 앙상블팀' 활동을 하면서 가장 기억에 남고 감동적인 연주가 있었다. 당시 서원밸리골프장 주최로 다문화 가정에 합동결혼식을 열어 드리는 행사가 있었다. 우리 팀 외에도 김조한, 자전거탄풍경 등 유명 가수들이 함께했다. 우리는 〈사랑의 찬가〉와 〈인생은 아름다워〉 OST 두 곡을 준비했다. 연습을 많이 해서 그런지 서로 호흡이 너무 잘 맞았고 공연 분위기도 정말 좋았다. 우리 연주를 듣고 눈물 흘린 신랑, 신부들이 많았다. 가슴이 먹먹했다. 지금까지도 그 연주가 많이 기억에 남는다.

2019년 연말 연주회는 기존과 다른 방식으로 기획해서 진행했다. 그동안 학생들이 연주했던 사진들을 편집해서 영상으로 띄워 드리고 나와 남윤준 선생이 뒤에서 〈엔들레스 러브(Endless Love)〉라는 팝송을 들려 드렸다. 많은 학부모님들이 감동받아 우셨다고 했다. 연주회가 너무 좋았다는 문자를 가장 많이 받은 연주회도 이 연주회이다.

2020년. 1월부터 기쁜 소식이 날아왔다. 아마추어로 초등학교 때부터 배운 제자 세중이가 원하던 군악대에 합격했다고 했다. 그것도 쟁쟁한 클라리넷 전공생들과 경쟁해서 말이다. 경쟁률이 10:1이었다고 했다. 또 2019년 9월 정도에 찾아와 실용음악과 입시 준비를 했던 지윤이가 학교를 네 군데나 붙었다. 제자들이 노력한 만큼 좋은 결과를 내고 본인들이 원하는 곳으로 갈 수 있어서 너무 기분 좋고 자랑스러웠다. 새로운 학생들의 문의도 빗발쳤다. 그러던 중 코로나 이야기가 나오기 시작했다.

처음에는 대수롭지 않게 생각했다. 한국에도 확진자가 나왔다는 소식을 들었을 때 신종 플루나 메르스처럼 지나갈 거라고 생각했다. 그런데 상황이 그렇게 돌아가지 않았다. 확진자는 점점 늘어났고 뉴스는 온통 코로나 얘기로 도배가 되어 있었다.

아직 코로나로 집합 금지가 내려지기 전 7월. 송바이올린과 성인반 앙상블 연주회를 열었다. 다른 악기와 앙상블 연주를 하는 것은 처음 하는 시도였는데 참가하신 분들의 반응이 너무 좋았다. 코로나가 점차 심해지고 있어서 정기 연주회는 열지 못하고 성인분들만 두세 분씩 매주 연주회를 했다. 2020년 8월이었다.

정기 연주회 이후부터 학생들이 급격히 빠져나가기 시작했다. 내가 할 수 있는 것은 아무것도 없었다. 말 그래도 속수무책이었다. 거의 개점휴업이나 마찬가지인 상태가 되었다.

**44화**

# 제네랄 파우제(General pause)_전체 쉼 1: 학원 운영(2020-2021년)

- 2020년 12월 집합 금지 명령
- 2021년 8월 집합 금지 명령

금방 끝날 것 같던 코로나는 그렇게 언제 끝날지 모르게 계속되었다. 하루하루 버티고 있던 당시였지만 그래도 나에게 큰 위로와 힘이 되었던 에피소드들이 많았다.

하루는 원래 서울에서 근무하시다가 코로나 때문에 지방에서 일하시게 된 성인반 학생분 송희연 님께 전화가 왔다. 송희연 님은 2006년부터 학원에서 레슨을 받으신 그야말로 '문클라리넷' 원년 멤버이다.

> "선생님, 요즘 어떠세요? 코로나로 영향 많이 받으셨을 것 같아서 걱정되어서 전화드립니다."

"아… 희연 님. 걱정해 주셔서 감사합니다.
저 괜찮습니다."
"제가 지금 서울에 잠시 왔는데 선생님 학
원에 계시면 잠깐 들릴게요."

몇 시간 뒤, 홀로 텅 빈 학원에 앉아 있는데 송희연 님
이 문을 열고 들어오셨다.

"선생님, 저 결제하러 왔습니다."
"송희연 님, 지방에서 근무하셔서 요즘 레
슨도 못 받으시는데 제가 레슨비를 어떻게
받습니까?"
"레슨은 천천히 받으면 되죠. 선생님 필요
하신만큼 결제하세요. 1년 치든 10년 치든
상관없습니다."

1년 치든 10년 치든 상관없다는 송희연 님 말씀에 나는
무척이나 감동받았다. 그래도 그동안 학원을 운영하면서
학생분들의 신뢰를 쌓았다는 생각에 가슴이 뿌듯했다. 호

의는 감사했지만 레슨비를 받을 수는 없었다.

"마음은 감사하겠지만 제가 어떻게 이 레슨비를 받겠습니까…."

나는 계속해서 손사래를 쳤지만 송희연 님은 문클라리넷이 없어지면 학생들은 어떻게 하냐고 하시면서 계속 결제하라고 하셨다. 나는 하는 수 없이 3개월 치를 결제했다.

"선생님, 지금 장난하십니까?! 더 결제하세요!"

나는 3개월 치를 더 결제했다. 그리고 송희연 님께 미안하고 감사한 마음에 고개를 떨구고 있었다.

"선생님, 제가 여기 초창기부터 배웠잖아요. 여기가 제2의 삶의 터전이나 마찬가지예요. 지금은 코로나 때문에 잠시 쉴 수밖에 없지만 클라리넷 배우면서 너무 즐겁고 행복했습니다. 선생님이 힘을 내셔야죠. 우리를 위해서 조금만 더 버텨 주세요."

항상 레슨이 끝나면 여러 가지 재미난 이야기를 들려주고 마술도 보여 주시던 송희연 님. 송희연 님의 그날의 방문이 나에겐 정말 크나큰 힘이 되었다.

또 다른 성인반 학생분 중에 변호사로 활동하시는 장상익 님의 연락도 기억에 남는다. 하루는 장상익 님에게 문자가 왔다.

'선생님, 한 달 월세하고 생활비 얼마 드는지 계산해서 알려 주세요. 저희 학생들이 모아서 보내 드리려고 합니다. 레슨비 한꺼번에 결제하는 것도 생각해 봤지만 큰 도움이 안 될 것 같고 저희들도 선생님을 어떻게 도와드려야 할지 고민 중입니다. 다들 선생님 걱정 많이 하고 있습니다.'

'장상익 님, 아닙니다. 아직은 버틸 만합니다. 진짜 힘들면 도와 달라고 연락드리겠습니다. 감사합니다.'

배우 H 님도 아직 레슨비 결제할 날이 되지도 않았는데 갑자기 학원에 들러서 레슨비 결제만 하고 가기도 했다. 그밖에도 걱정해 주시고 위로해 주신 분들이 정말 많았다.

이런 학생분들을 보며 그동안 내가 헛살지 않았구나 하는 생각과 함께 다시 힘을 내 봐야겠다는 다짐을 했다. 하지만 코로나는 점점 더 심해졌고 급기야 학생 1명, 성인반 4~5명만 남는 상황이 되었다. 그마저도 그해 12월 두 달간의 집합 금지 명령으로 아예 레슨을 할 수 없는 상황에 이르렀다.

2021년이 되었다. 코로나는 여전히 끝날 기미가 보이지 않았다. 그동안 쌓아 온 모든 것이 물거품처럼 사라지고 다시 제일 처음으로 돌아간 기분이었다. 나는 의욕을 잃었다. 주변에 문 닫는 가게들이 속출했다. 나는 속으로 '다음은 내 차례겠구나.' 하는 생각을 했다.

모아 둔 돈은 거의 다 바닥난 상태였고 앞이 보이지 않았다. 나는 내가 할 수 있는 다른 일들을 찾기 시작했다.

배달과 편의점 아르바이트까지 알아보았지만 내가 할 수 있는 여건은 아니었다. 나는 자격증 공부를 하기 시작했다. 평소에 관심 있던 음악심리사, SNS 마케팅, 소믈리에 자격증 등등. 새로운 공부를 하면서 어느 정도 힐링이 되기는 했지만 답답한 마음이 가시지는 않았다. 이제 정말 학원을 정리해야 하나 고민하고 있을 무렵 다시 집합 금지 명령이 내려왔다.

2021년 8월이었다. 나는 이제 진짜 그만 접으라는 하늘의 뜻이라고 생각했다. 성인반 네이버 밴드에 글을 올렸다.

'안녕하세요. 문석환입니다. 날씨가 더운데 다들 건강하신지요? 다름이 아니라 제가 이번 달을 끝으로 여기 학원을 정리하려고 합니다. 아쉬움이 크고 너무나 죄송하지만 코로나가 언제 끝날지 모르는 상황에서 학원을 계속 유지하기는 힘들다는 결론을 내렸습니다. 그동안 감사했습니다.'

내 글에 폐원에 반대하는 답글들이 무수히 달렸다. 학생분들의 전화도 끊이지 않았다.

'선생님, 문클라리넷이 이 정도의 어려움으로 그 명성을 내려놓는 것은 너무나 안타깝고 아깝고 화가 나는 일입니다. 다시 한번 용기를 갖고 생각해 주세요. 도울 수 있는 방법도 같이 생각해 보겠습니다.'

'선생님, 정말 어려우신가 보네요. 하지만 학원을 닫는 결정만은 하지 않았으면 좋겠습니다. 선생님과 함께 처음 클라리넷을 접해서 더 선생님의 가르침이 필요합니다.'

'너무 충격입니다. 선생님, 저희가 도와드릴 부분이 있으면 말씀해 주세요. 학원 문은 닫지 않았으면 좋겠습니다.'

학생분들의 댓글들을 보면서 감사하고 죄송한 마음에

눈물이 났다. 하지만 별다른 대안이 없던 나는 다음 날 폐원신고서를 작성해서 관리사무소를 찾아갔다.

# 45화

# 제네랄 파우제(General pause)_전체 쉼 2: 학원 운영(2021-2022년)

• 2022년 1월 문클라리넷&송바이올린 합동 신년 음악회

"아이고, 원장님이 어쩐 일이세요?"

"저… 저… 그냥 인사차 들렀습니다. 잘 지내셨죠?

나는 관리소장님께 인사를 하는 둥 마는 둥 하고 다시 학원으로 돌아왔다. 이대로 진짜 폐원할 수는 없다는 생각이 들었다. 나는 폐원신고서를 찢어 버리고 내가 할 수 있는 일이 뭐가 있을지 다시 생각해 보기로 했다.

먼저 악보집을 만들기로 했다. 그동안 좋아했던 클래식곡 위주로 모음집 두 권을 만들고 재즈악보집 그리고 클래식과 재즈를 제외한 장르의 곡 『베스트 90 모음집』을 만들었다. 이 악보집들을 만드는 데만 두 달 정도가 걸렸다. 항

상 만들어야지 하고 마음만 먹고 있던 작업이었는데 이번 기회에 정리된 악보집을 만들 수 있어서 뿌듯했다. 이 모음집에 학생분들 호응도 좋았고 어떻게 아셨는지 다른 클라리넷 하는 분들도 관심을 가지고 연락을 주시기도 했다.

다음으로 본격적으로 온라인 레슨을 할 수 있는 방법을 연구하기 시작했다. 코로나가 시작된 후 나는 온라인 레슨 학생을 모집하기 위해 해외 교민들이 활동하는 카페에 가입을 했다. 미국, 캐나다, 중국, 싱가포르, 베트남, 말레이시아 등등의 수많은 교민 카페에서 홍보를 시작했다. 광고성 글을 올렸다고 강퇴를 당하기도 하고 운영자에게 제재를 받기도 했지만 꿋꿋하게 온라인 레슨 홍보를 했다. 그렇게 힘들게 홍보를 했지만 언제쯤 학생이 들어올지 알 수 없었다. 막막한 상황에서 계속 홍보를 하고 있던 차에 2021년 초 드디어 중국에서 처음으로 온라인 레슨 문의가 들어왔다. 국제학교에서 밴드부 활동을 하고 있던 은지였다. 힘들게 첫 온라인 레슨이 들어왔지만 관악기인 클라리넷 레슨을 온라인으로 한다는 것이 쉬운 일이 아니었다. 그래도 정말 최선을 다해서 열심히 가르쳤다. 은지는 2년이 지난 지금까지 레슨을 받고 있고 실력도 일취월장했다. 은지 다음으로는 한참 온라인 레슨 문의가 없었다. 그러다 8월이 되어서야 두 번째 학생인 보민이를 가르치게 되었다. 보민이도 역시 국제학교에서 밴드부 활동을 하는 학생이었다. 나는 온라인 레슨도 별로 기대할 수 있는 방법이 아니구나 하는 생각을 했다.

2021년 11월 하루는 송바이올린 송재화 원장과 송원장의 지인 지원이 이렇게 셋이서 식사를 했다. 당시 기획사를 차린 지 얼마 되지 않았던 지원이가 문클라리넷과 송바이올린이 콜라보로 신년음악회를 해 보는 게 어떻겠냐는 아이디어를 냈다. 본인이 기획사 명의로 성남아트센터 대관신청을 해 보겠다고 했다. 우리는 우선 코로나가 아직 끝나지 않았는데 큰 연주회를 하는 것이 맞는 건지 망설여졌고 또 프로들만 연주한다는 성남아트센터가 대관이 될지도 의문이었다. 그날 이후 나와 송 원장은 그 일을 까맣게 잊고 지내고 있었다. 그런데 12월 어느 날 지원이로부터 전화가 왔다.

"성남아트센터 대관 신청한 거 됐어! 대박
이야!"

"진짜?"

"응, 공연 날짜는 1월 29일로 됐어."


대관이 됐다는 기쁨도 잠시, 설 연휴 코앞에 잡힌 공연
날짜에 걱정이 앞섰다. 학생분들이 연주를 하려고 하실
지, 관객이 너무 적지는 않을지, 남은 일정은 촉박하고 마
음은 급했다. 송 원장도 걱정이 되었는지 그냥 연주회를
포기하면 어떻겠냐고 내 의견을 묻기도 했다. 나는 그래
도 이렇게 좋은 기회를 그냥 날려 버릴 수는 없다고 생각
하고 성인반 한 분 한 분께 의사를 여쭤 봤다. 문클라리넷
이 여덟 분, 송바이올린이 총 두 분을 섭외해서 총 열 분이
연주를 하게 되었다. 연주곡 수준을 조금 높게 잡다 보니
준비 과정부터 순탄치 않았다. 다른 곡들보다 연습량이
많아야 했고 반주도 많이 맞춰야 했다. 브람스, 생상, 슈만
등 하나같이 반주 맞추기 어려운 곳들뿐이었다.


시간이 쏜살같이 지나가 연주 당일이 되었다. 성남아트

센터에 도착해 보니 무대와 객석이 생각보다 훨씬 컸다. 학생분들이 연주 중간에 실수하면 어쩌나, 객석이 너무 안 차면 어쩌나 이런저런 걱정들이 끊이지 않았다. 초등학생 때 내게 배웠던 현우와 중학생 때부터 배운 인택이가 공연을 도와주러 왔고 지원이가 사회를 맡아 주었다. 연주전 리허설이 시작되었다. 학생분들이 너무 긴장해서 그런지 리허설이 순탄치 않았다. 삑 소리도 나고 실수도 많았다. 대관 시간이 정해져있어 연주 시간을 체크하면서 리허설을 했어야 했는데 시간 체크도 제대로 하지 못했다. 나는 그냥 결과는 하늘에 맡기자는 심정으로 리허설을 마무리했다.

객석을 보니 생각보다 많은 사람들이 와 있었다. 연주자들 지인들이 많이 온 것 같았다. 내 손님들도 눈에 띄었다. 초등학교 때부터 배우다 군악대에 들어가 얼마 전에 제대한 세중이, 고등학교 후배이자 군대 고참인 요한이, 우노스악기 사장인 후배 은호 등이 친구, 가족들과 함께 와 있었다. 나는 나도 이렇게 긴장되는데 무대 위에서 연주하시는 분들은 얼마나 떨릴까 싶어 한 분씩 찾아가 긴장을 풀어 드렸다. 이윽고 공연이 시작되었다.

  첫 번째 연주자인 박성원 님이 연주를 시작하셨다. 리
허설 때보다 훨씬 여유 있게 너무 잘 연주하셨다. 박성원
님 뒤로 아홉 분 모두 리허설 때보다 훨씬 훌륭하게 연주
를 마치셨다. 시계를 보니 시간 초과 없이 정확하게 한 시
간 반 안에 연주가 끝났다. 지인들이 대기실로 찾아와 많
이 축하해 주었다. 그렇게 무사히 합동 신년 연주회를 마
무리했다.

**46화**

# 제네랄 파우제(General pause)_전체 쉼 3: 학원 운영(2022년)

- 2022년 6월 제13회 정기 연주회
- 2022년 7월 해외&국제학교학생 연주회
- 2022년 10월 온라인 연주회
- 2022년 12월 송년 연주회

2022년. 코로나로 인한 집합 금지가 해제되었다. 다시 레슨을 할 수 있게 되었다. 당시 레슨을 받는 학생이 열 명이 조금 넘었는데, 학생 모집을 새로 해야 한다고 생각하니 또 혼자 외로운 싸움을 시작하는 기분이었다. 게다가 코로나가 완전히 끝나지 않은 상황에서 언제 또 집합금지가 내려올지 모른다는 생각에 마음은 여전히 불안했다.

야심차게 시작한 온라인 레슨은 교민 카페 등에 홍보를 시작한 지 1년이 넘었지만 문의도 거의 없고 학생도 몇 명되지 않았다. 나는 학원 홍보 차원에서 『베스트 90 모음집』을 반주에 맞추어 하나씩 연주해서 블로그에 올리기로 마음먹었다. 시간이 날 때마다 몇 곡씩 녹음해서 꾸준히 하나씩 올렸다. 나는 그렇게 불안하고 힘든 하루하루를 이겨 내고 있었다.

그러던 어느 날 문의 전화 한 통이 걸려 왔다.

> "안녕하세요, 저는 미국에 사는 ○○이라고 합니다. 이번 방학 때 한국에 잠깐 들어가려고 해요."
>
> "네, 안녕하세요."
>
> "그런데 한국에서 한 달 정도 있다가 다시 돌아가야 하는데 인터넷 보니까 온라인 레슨도 하신다고 해서요."
>
> "네, 맞습니다. 온라인 레슨도 하고 있어요."
>
> "아, 너무 잘 됐네요. 미국에 돌아와서도 온라인으로 계속 레슨받고 싶어서요."
>
> "네, 가능합니다."

그런데 어쩐 일인지 며칠 안에 비슷한 문의가 열 건이 넘게 들어왔다. 갑자기 미국, 중국, 괌, 싸이판 등등 여러 국가 학생들을 대상으로 레슨을 시작했다. 그렇게 6월에서 8월까지 해외에 사는 학생들 오프라인 레슨으로 바쁜 시간을 보냈다. 이 학생들은 다시 해외로 돌아간 후에도 열심히 온라인 레슨을 받고 있다.

6월에 있었던 13회 정기 연주회는 오랜만에 지인들과 팀을 결성해서 클라리넷 5중주 연주를 했다. 7월에는 외국에서 잠시 귀국한 학생들만을 위해 처음으로 '해외&국제학교학생 연주회'를 열기도 했다. 나는 그렇게 코로나 시기를 헤쳐 나가고 있었다.

8월 1일. 어머니 전화를 받았다.

"석환아…."
"엄마?"
"엄마 암이래."
"네?! 암이요?"

"어…. 정확한 건 CT 촬영해 봐야 알 수 있다고 하는데 너무 무섭고 떨려서 그냥 나왔어."

통화 후 어머니는 바로 학원으로 오셨다. 나는 어머니를 안심시켜 드리고 함께 강남성모병원으로 가서 CT 촬영 날짜를 잡으려고 했다. 그런데 병원에서는 환자들이 밀렸다며 한 달 뒤에나 촬영이 가능하다고 했다. 한 달이면 병세가 악화될 수도 있고 너무 긴 시간이었다. 나는 고심하다 학원 초창기부터 레슨을 받고 계시는 성인반 C 님께 연락을 드렸다. C 님은 K 대병원에서 의사로 근무하고 계셨기에 급한 마음에 전화로 어머니 사정을 설명드렸다. C 님이 각별히 신경 써 주신 덕분에 어머니는 이틀 뒤 바로 CT 촬영을 하고 일주일 안에 수술까지 할 수 있었다.

어머니가 암 진단을 받으셨다는 소식을 들었을 때 내색하지는 않았지만 너무 마음이 아팠고, 또 나로 인해서 어머니가 아프신 것 같아 무척 속상했다. 아무도 없을 때 혼자 울기도 많이 울었다. 그렇지만 여기서 내가 무너지면 안 된다는 생각과 수술 잘하고 치료만 잘 받으시면 다시 건강을 되찾으실 수 있다는 생각에 정신을 차리려고 무척 노력했다. 다행히 어머니 수술은 무사히 끝났고 지금까지 항암치료 잘 받으시면서 회복 중이시다. 어머니도 표현은 하지 않으셨지만 이번에 아들 덕분에 큰일을 무사히 치렀다고 생각하시고 많이 고마워하고 계신 듯하다.

다시 연주회 준비를 시작했다. 우선 처음으로 온라인 레슨생들을 위한 '온라인 연주회'를 기획했다. 시차 문제가 있어 모든 학생들이 동시에 참가하는 것은 불가능했다. 미국과 중국 학생들 위주로 몇 차례에 나누어 연주회를 했다. 처음으로 줌으로 진행하는 연주회니만큼 시행착오도 많았다. 어떤 학생은 미팅룸에 접속이 안 되어 애를 먹기도 하고, 어떤 학생은 소리가 자꾸 끊기고 잘 들리지 않아 진행이 매끄럽지 않기도 했다. 또 40분이 지나면 회의가 끊기는 것을 깜빡하고 있다가 연주 도중 줌이 끊어져서 진땀을 흘리기도 했다. 그래도 다들 열심히 준비해서 연주를 해 주었고 학부모님들도 모두 만족하면서 첫 번째 온라인 연주회를 무사히 마쳤다.

12월에 있었던 송년 연주회까지 끝내고 그렇게 2022년을 마무리했다.

**47화**

# 노이앙팡(Neuanfang)_새로운 시작: 학원 운영(2023년)

- 2023년 3월 성인 연주회

2023년. 학원 오픈 19년 차를 맞았다.

다행히 코로나는 어느 정도 잠잠해졌고 일부를 제외하고 마스크 착용도 해제되었다. 학원 운영이 완전히 회복되지는 않았고 여전히 불안한 점도 있지만 훨씬 차분한 마음으로 새해의 1월과 2월을 보냈다.

돌아보면 클라리넷과의 만남에서부터 지금까지 너무나 파란만장한 시간들을 보냈다. 처음 클라리넷을 만나고 예고 입시를 위해 연습했던 시간들, 본격적으로 클라리넷의 세계로 들어갔던 고등학교 시절, 그리고 연주자로 최고의 기량을 뽐낼 수 있었던 대학교와 군대 시절, 그 후의 여러 가지 좌절과 실패…….

2005년 당시 생소했던 클라리넷 학원을 열기로 마음먹은 것은 내가 꼭 연주자의 삶을 살지 않더라도 클라리넷을 포기하고 싶지 않았기 때문이다. 시작부터 힘들었고 수많은 우여곡절을 겪으며 그렇게 근 이십여 년의 시간들을 버텨 왔다. 지금 와서 뒤돌아보면 행복하고 보람된 적도 많았지만 솔직히 힘들고 아팠던 기억들이 더 많다. 가장 힘들었던 점은 모든 것을 나 혼자 헤쳐 가야 한다는 외로움이었다.

2023년은 새로운 마음으로 다시 시작해 보려고 한다. 어떤 변화를 주어야 할지, 어떤 시도를 해야 할지 아직 확실하진 않지만 전부터 마음속으로 생각했던 것들을 하나하나 해 보고 싶다. 『나의 클라리넷 이야기』를 블로그에 올리면서 그동안의 이야기를 정리한 것도 그중 하나이다. 앞으로는 성인반을 좀 더 활성화시키고 싶다. 이제까지 마음만 먹고 별로 실천하지 못했지만 성인반 앙상블로 고아원이나 양로원의 봉사 연주를 하고 싶다. 음악을 자주 접하지 못하는 분들께 클라리넷 소리를 들려드리고 싶다. 또 송바이올린과 콜라보로 아마추어 성인분들을 위한 오케스트라를 만들 계획도 갖고 있다. 끝으로 국내를 벗어나 해외로 활동 영역을 넓히고 싶은 생각도 가지고 있다. 유능한 선생님들과 함께 해외에서 음악 캠프를 열고도 싶다.

그동안 수많은 학생들과 제자들이 문클라리넷에서 레슨을 받았다. 부족한 점이 없을 수 없었겠지만 내가 할 수 있는 최선을 다해 학생 한 분 한 분을 가르쳐 드리려고 노력해 왔다. 앞으로도 우리 학원에서 레슨을 받는 모든 학생들과 단순히 선생과 제자 관계가 아닌 클라리넷을 통해 교감하는 관계가 될 수 있도록 노력하고자 한다.

앞으로 내 앞에 어떤 길이 펼쳐져 있을지 아직 모른다. 하지만 한 가지 확실한 것은 내가 클라리넷을 사랑하는 마음은 변하지 않을 것이라는 점이다. 그리고 내 역량을 발휘할 수 있는 범위 내에서 클라리넷의 활성화를 위해 조금이나마 보탬이 되는 사람이 되고 싶다. 그것이 바로 나의 마지막 꿈이다.

-『나의 클라리넷 이야기』끝.

**나의 클라리넷 이야기**

ⓒ 문석환, 2023

초판 1쇄 발행 2023년 6월 1일

| | |
|---|---|
| 지은이 | 문석환 |
| 엮은이 | 사막여우 |
| 펴낸이 | 이기봉 |
| 편집 | 좋은땅 편집팀 |
| 펴낸곳 | 도서출판 좋은땅 |
| 주소 | 서울특별시 마포구 양화로12길 26 지월드빌딩 (서교동 395-7) |
| 전화 | 02)374-8616~7 |
| 팩스 | 02)374-8614 |
| 이메일 | gworldbook@naver.com |
| 홈페이지 | www.g-world.co.kr |

ISBN   979-11-388-1936-7 (03810)